ALBERTO VÁZQUEZ-FIGUEROA nació en Santa Cruz de Tenerife en 1936. Antes de que cumpliese un año su familia fue deportada por motivos políticos a África, donde el escritor permaneció entre Marruecos y el Sahara hasta que tuvo dieciséis años. A los veinte se convirtió en profesor de submarinismo a bordo del buque-escuela *Cruz del Sur.* Cursó estudios de periodismo y en 1962 comenzó a trabajar como enviado especial de *Destino, La Vanguardia* y, posteriormente, Televisión Española. Durante quince años visitó casi un centenar de países y fue testigo de numerosos acontecimientos clave de nuestro tiempo, entre ellos las guerras y revoluciones de Guinea, Chad, Congo, República Dominicana, Bolivia, Guatemala, etc. Las secuelas de un grave accidente de inmersión lo obligaron a abandonar sus actividades como enviado especial. Tras dedicarse una temporada a la dirección cinematográfica, se centró por entero en la creación literaria.

Ha publicado más de sesenta títulos, entre ellos *Sultana Roja, El rey leproso, Vivos y muertos, Saud, el Leopardo, Mar de Jade, Centauros, La taberna de los cuatro vientos, La ruta de Orellana, Coltan, Kalashnikov, Hambre, Medusa, Crimen contra la humanidad* y *La barbarie,* así como la autobiografía *Siete vidas y media,* en los diferentes sellos de Ediciones B. Catorce de sus novelas y guiones han sido llevados al cine.

Primera edición: febrero de 2018

© 2017, Alberto Vázquez-Figueroa
© 2017, 2018, Penguin Random House Grupo Editorial, S. A. U.
Travessera de Gràcia, 47-49. 08021 Barcelona

Printed in Spain – Impreso en España

ISBN: 978-84-9070-439-4
Depósito legal: B-26.481-2017

Impreso en Novoprint
Sant Andreu de la Barca (Barcelona)

BB 0 4 3 9 4

Penguin
Random House
Grupo Editorial

Rumbo a la noche

ALBERTO VÁZQUEZ-FIGUEROA

A Bob y a Nuria

I

Se sumergió totalmente en la bañera.

Aquella constituía su mejor terapia, la única que le permitía desprenderse de todo olor o contacto ajenos, devolviéndole a los lejanos tiempos en los que buceaba en una charca conteniendo la respiración y tratando de atrapar cangrejos que se le escurrían entre los dedos.

El agua era el refugio en el que volvía a ser la Caribel que había sido durante veinte años gracias a que durante largo rato conseguía recuperar parte de su autoestima e incluso la confianza en sí misma.

Aquel era uno de esos días en los que la vida se veía algo mejor gracias a que Gregori era un hombre amable, decente y aseado; un cincuentón sin más aspiración que abrir una vez por semana el grifo de sus necesidades de una manera normal, dulce y educada, sin provocar jamás una situación incómoda o desagradable.

A base de un impactante físico, un buen hacer profesional y una notable cultura que incluía hablar correctamente cinco idiomas, había conseguido hacerse con una clientela fija y poco problemática, lo cual le permitía negarse a atender a un determinado tipo de «parroquianos».

Alegar que ya se había adquirido un compromiso previo era una opción de la que siempre se podía echar mano, pero de la que no convenía abusar cuando se corría el riesgo de ofender a quienes estaban dispuestos a gastarse una pequeña fortuna a la hora de demostrar que eran muy ricos y muy hombres.

Aunque la experiencia enseñaba que muchos no gastaban su dinero puesto que cargaban los gastos a tarjetas de crédito a nombre de empresas gubernamentales, ayuntamientos e incluso ministerios.

Y curiosamente solían ser los que utilizaban dinero público quienes elegían los menús más costosos, las bebidas más exóticas y las mujeres más llamativas, aunque luego ni siquiera dejaran propina por mucho que la atención prestada hubiera sido de su agrado.

Gregori no era de esos.

Probablemente tenía más derecho que la mayoría a utilizar ese tipo de tarjetas, pero siempre pagaba en metálico y siempre dejaba algo más sobre la mesilla mientras lanzaba un beso de despedida.

—¡Hasta el jueves, cielo...!

Lo decía en el tono de quien ansiaba que los días desaparecieran de improviso y que en cuanto cruzara el umbral volviera a ser jueves, lo cual significaría que lo estaba cruzando en sentido contrario.

—¡Hasta el jueves!

Caribel sospechaba que al tímido y solitario viudo le encantaría «firmarle una exclusiva» a base de comprarle un coqueto apartamento en cualquier barrio de clase media, aunque le constaba que jamás se atrevería a insinuarlo.

El buen hombre, que además de funcionario de alto rango era un editor de reconocido prestigio, sabía muy bien que lo más gravoso de ciertos apartamentos no estaba en lo que había costado «el continente» sino en lo que llegaba a costar «el contenido».

Resultaba mucho más económico, cómodo y sensato, visitarla una vez por semana, saber que le estaba esperando «con los brazos abiertos» y disfrutar de un par de horas de agradable compañía antes de regresar a casa.

Aunque tuviera que cenar solo.

Caribel agradecía que ni tan siquiera hubiera insinuado la posibilidad de «retirarla», ya que se hubiera visto obligada a hacerle comprender que jamás podría ofrecerle lo que le ofrecía El Convento sin correr el riesgo de acabar en la ruina.

En El Convento se cobraba por ver, oír, oler, gustar y sobre todo tocar, y quien atravesaba el enrejado portón que daba acceso a sus cuidados jardines o a sus luminosos claustros sabía que pasaría unas horas inolvidables, pero que la factura lograría que le resultara aún más inolvidable.

Si es que la pagaba él.

Si corría a cargo de los contribuyentes no existía lugar sobre la tierra más parecido al paraíso dado que allí encontraban lo mejor de lo mejor, especialmente en lo que se refería a mujeres.

Las había de todos los colores, razas y estilos, por lo que algunos clientes parecían disfrutar más observándolas en los salones, el piano-bar, el exclusivo restaurante de dos estrellas Michelin o el pequeño casino que ocupaba el ala norte, que llevándosela a la cama.

Y es que el acto final tan solo solía durar unos minutos, a veces demasiado pocos, mientras que la sensación de poder que producía el preludio se alargaba como un irresistible orgasmo mental.

Caribel despreciaba a los libidinosos mirones que se relamían como el comensal que estudia el menú confiando en que les abra el apetito, pero se esforzaba a la hora de conseguir que ese desprecio no aflorara puesto que al fin y al cabo era ella quien había elegido ser uno de los platos fuertes de tan selecta carta, aunque matizando que tenía derecho a ser excluida del menú si el comensal no era de su agrado.

Ese era uno de los detalles que marcaban la diferencia entre El Convento y el resto de los prostíbulos de gran lujo; sus pupilas eran dueñas de sus actos, y cuando decían «no», era «no».

Aquel constituía un acuerdo justo dentro de un mercado casi siempre injusto, y por ello había aceptado a entrar a formar parte del selecto «club» de cuantos consideraban que el dinero estaba hecho para gastárselo.

Sus generosos socios pagaban y se marchaban con el bolsillo aligerado aunque tal vez temiendo que alguien les preguntara por qué olían como olían, mientras que a ella le bastaba con meterse en la bañera y olvidarlos sin tener que dar explicaciones sobre la procedencia de su dinero.

Cerró los ojos, jugó una vez más a contener la respiración como cuando perseguía cangrejos en la charca y fue entonces cuando escuchó el golpe.

Bajo el agua los sonidos ganaban en intensidad y aunque aquellos muros de piedra hubieran sido levantados nueve siglos atrás, su bañera coincidía con la del dormitorio contiguo, por lo que en ocasiones percibía ruidos de pasos, cerrar de puertas, tintinear de copas e incluso voces.

Aunque en esta ocasión sonaba distinto; no parecía el grito de un orgasmo, sincero o fingido —que de todo solía darse en El Convento—, sino más bien algo súbito, seco, aislado e irreconocible.

No movió un músculo y aguardó mientras una diminuta burbuja le surgía de la comisura de los labios y ascendía en busca de la superficie en la que reventó con un susurro.

Le llegó, con notable claridad tal vez porque le resultaba familiar, una sola palabra:

—¡Puta!

Demasiado utilizada en la vida diaria, no era sin embargo habitual allí donde más abundaban, quizá debido a que para su elegante clientela el hecho de insultar a quien tenía a su lado constituía en cierto modo una forma poco acertada de insultarse a sí mismo. Cuando mediaba dinero las prostitutas tan solo trataban con macarras o cabrones, a la vista de lo cual no quedaba más remedio que aceptar que o se era lo uno, o se era lo otro.

Y como en El Convento no se admitía a los primeros, quien en sus paredes pronunciara tan socorrida palabra se situaba a sí mismo en el nutrido pelotón de los segundos.

La siguiente sensación le llegó a través de la espalda, que mantenía apoyada en el fondo de la bañera, y fue como si algo hubiera rebotado contra el suelo.

Luego nada.

Se sintió incómoda, como si permaneciera agazapada fisgoneando al igual que solían hacerlo las viejas del pueblo ocultándose tras las cortinas de las ventanas.

Su madre le había enseñado a despreciarlas con una sola frase:

—Quien se entromete en vidas ajenas es porque no tiene vida propia, o sea que no te molestes cuando intente lamer unas migajas de la tuya.

Continuar bajo el agua sería tanto como lamer migajas de vidas ajenas, por lo que abandonó sin prisas la bañera, se enfundó en un albornoz color malva que solía tener la virtud de excitar incluso a los clientes apáticos —que también los había—, se envolvió la negrísima melena en una toalla, salió al balcón, y tan solo entonces encendió un cigarrillo, puesto que estaba rigurosamente prohibido fumar en las habitaciones.

No se consideraba una adicta, pero sentarse a contemplar la noche malgastando tabaco, que era lo que en verdad hacía, pues jamás había aprendido a tragarse el humo, le relajaba casi tanto como sumergirse en la bañera.

Y lo que sí había aprendido con la práctica era a relajarse bajo cualquier circunstancia, ya que para ejercer la profesión al nivel que ella lo ejercía, la angustia y la crispación constituían factores altamente perjudiciales.

La ansiedad, el alcohol, las drogas y los chulos habían abocado a magníficas profesionales de gran talento a terminar en inmundos prostíbulos o pasarse horas en cualquier esquina azotada por el viento, mientras que mucha agua, soledad y un máximo de seis cigarrillos diarios le permitían sentarse a admirar el paisaje dejando pasar media hora antes de decidirse a bajar en procura de un nuevo compañero de cama.

Mantenerse en la «elite» en un oficio en el que tanto abundaba la competencia y continuamente aparecían caras nuevas exigía un gran esfuerzo, pero no, tal como sería lógico imaginar, esfuerzo físico, sino sobre todo esfuerzo mental.

Aquellas que consideraban que por el simple hecho de conseguir que quien pagaba disfrutara de un largo y satisfactorio orgasmo su trabajo había terminado cometían el error de olvidar que, en ese mismo instante, comenzaba la labor de preparar al cliente para una nueva visita.

Y es que tras el orgasmo cada hombre reaccionaba de un modo diferente; los había que se sentían agradecidos, otros orgullosos, otros avergonzados, otros temerosos, otros exultantes y otros confusos.

Ninguno indiferente, porque la necesidad —e incluso la obligación— de fecundar había nacido con ellos, y era de suponer que acababan de cumplir dicha misión pese a que supieran de antemano que el destino final de su semilla sería un preservativo.

Se esforzó por formar aros de humo, cosa que rara vez conseguía, mientras observaba las entradas y salidas de automóviles que normalmente costaban lo que no ganaría una familia normal durante su mejor año.

No estaba en contra de aquel tipo de gastos, como no lo estaba en que sus propietarios derrochasen fortunas en cenas, alcohol o mujeres, puesto que de otro modo su dinero dormitaría en las cajas fuertes de los bancos sin dar de comer a quienes lo necesitaban.

En la parte que le correspondía sabía muy bien cómo moverlo, dónde invertirlo y cuál sería su destino final.

Una limusina negra, un Mercedes plateado y un Ferrari amarillo abandonaban en esos momentos el aparcamiento, lo cual indicaba que pronto la clientela comenzaría a disminuir y había llegado la hora de volver al trabajo.

Mientras se secaba el pelo sentada en el borde de la bañera le vino a la mente el golpe que había escuchado, por lo que en cuanto terminó de peinarse decidió hacerle una visita a la Pequeña Ibis.

Su puerta estaba cerrada, golpeó discretamente por tres veces, y al no obtener respuesta, abrió.

Silvana Sterling-Harrison ensayó lo que pretendía ser una sonrisa, pero era tarde y le preocupaban demasiados problemas, por lo que prefirió lanzar un profundo suspiro, tal vez de resignación, antes de comentar:

—Le agradezco que me haya recibido a estas horas pues me consta que es una persona muy atareada, pero es que el avión ha llegado con retraso.

—Pura reciprocidad... —fue la respuesta que sonaba sincera—. Usted siempre me atiende cuando la necesito.

—Es que ese es mi trabajo, pero como no es momento de alabanzas mutuas iré directamente a lo que importa; mis contables calculan que el valor actual de los activos inmobiliarios que manejamos en su nombre supera los cuatrocientos millones de euros.

—Si ellos lo dicen...

—Lo dicen los números que es lo que importa.

—¿Y eso plantea algún problema? —quiso saber don Arturo Fizcarrald, al que se advertía un tanto incómodo porque no le gustaba tratar con mujeres que tuvieran más estudios o estuvieran mejor preparadas que él en algún determinado campo y sabía que esta lo estaba en muchos.

—¡En absoluto! —le tranquilizó su inesperada visitante—. Lo que en verdad lamento es que la cifra no sea menor.

—¿Y eso? —se sorprendió el dueño del despacho—. Por lo general a su empresa le gusta que cuanto mayores sean los activos, mejor.

—Excepto en este caso.

—¿Y eso? —repitió machacón.

—Porque como no es hora de hacerle perder tiempo, he decidido que en el hipotético caso de llegar a un acuerdo registraría a su nombre inmuebles, acciones y obligaciones de absoluta solvencia por el equivalente a otros cuatrocientos millones.

Su interlocutor se quedó con la patilla de las gafas entre los labios y tan desconcertado como si acabaran de anunciarle que le había tocado la lotería pese a no haber jugado un solo décimo.

Dejó pasar un cierto tiempo puesto que aquella no era una situación que le agradara en exceso. El hecho de que la cabeza visible de uno de los mejores despachos de abogados con sede en paraísos fiscales, mujer con justa fama de implacable negociadora que no soltaba un centavo ni aunque le clavaran un cuchillo en el codo, le estuviera proponiendo semejante insensatez se le antojaba casi un sacrilegio.

—¿Y dónde está el truco? —quiso saber al fin—. Le advierto que a mí no me hace ninguna gracia porque si alguien me ofrece millones debe de ser porque espera heredarme. ¿Acaso ha descubierto una nueva forma de blanquear dinero?

Silvana Sterling-Harrison le tranquilizó con lo que pretendía ser una sonrisa.

—¡En absoluto! —dijo—. Como muy bien sabe, no trabajamos con dinero puesto que un exceso de liquidez acaba por convertirse en un engorro. Trabajamos con propiedades que valen mucho más que el dinero y lo que le ofrezco tan solo sería el justo pago a su trabajo.

—Difícil trabajo debe de ser.

—Difícil, en efecto. Y delicado, porque le consta que tengo fama de no dar nada si no es a cambio de mucho.

—Sospecho que en este caso el término «delicado» roza los límites de lo comprometido.

—Y casi se adentra en ellos —admitió su interlocutora sin el menor reparo.

—Era de imaginar.

—¡Naturalmente! ¿Conoce Panamá? —Ante el leve ademán negativo añadió—: ¿Tiene o ha tenido alguna empresa radicada allí?

Quien se encontraba al otro lado de la mesa pareció estar haciendo memoria y al fin negó:

—No, que yo recuerde.

—¿O sea que el caso Mossack-Fonseca no le afecta?

—En lo más mínimo.

—Eso está bien, y me alegra. ¿Qué opina sobre las medidas de seguridad de un supuesto «bufete de abogados» que permite que once millones de documentos altamente comprometedores salgan a la luz?

—Que es una mierda... ¡Con perdón!

—Queda perdonado puesto que no existe otra palabra que lo defina.

—Esos cretinos han dejado a mucha gente con el culo al aire.

—Se lo merecen por haber confiado en semejante pandilla de ineptos. Cuando en un oficio que se alimenta de la avaricia y la prudencia, la avaricia supera a la prudencia, sobreviene el desastre, y el caso Mossack-Fonseca es un típico ejemplo de desmesurada avaricia y absoluta carencia de prudencia.

Arturo Fizcarrald, que se preciaba de ir siempre un paso por delante de sus interlocutores, pero en este caso se sabía muy por detrás, introdujo la lengua en el hueco de una muela que le habían arrancado siendo muy joven pero que nunca había querido que le sustituyeran porque aquel simple gesto le ayudaba a pensar.

Ahora necesitaba pensar debido a que desconfiaba de una hierática Silvana Sterling-Harrison que había heredado una sólida empresa considerada el inexpugnable bastión en que encontraban refugio cuantos necesitaban que nadie averiguara de qué hedionda fuente provenían sus posesiones o a quién pagaba sus impuestos.

Aunque era cosa sabida que había mantenido relaciones «no precisamente laborales» con muchos personajes famosos, algunos de ellos de sangre azul, y aún seguía siendo atractiva, no cabría considerarla un «Ave del Paraíso», sino más bien el impasible aguilucho siempre al acecho de su presa. Y eso le inquietaba.

Aficionada a las fiestas y los safaris y habitual de las revistas «del corazón», había conseguido no obstante separar su vida sentimental de los negocios, y ahora estaba allí, observándole en su faceta de ave de presa, por lo que don Arturo Fizcarrald sospechaba que si le estaba ofreciendo dinero no era porque le sedujeran sus encantos personales.

Largos años de experiencia le habían demostrado que carecía de ellos.

—¡Y bien...! —dijo al fin, permitiendo que la lengua dejara de hurgar en el hueco de la muela—. ¿Qué tengo que hacer para merecer tan inesperado obsequio?

—Lo que siempre ha hecho, pero aún mejor.

—¿Y qué sabe acerca de «lo que siempre he hecho»?

—¡Oh, vamos, don Arturo! ¡No me venga con esas! —fue la rápida respuesta—. Mi obligación es saberlo todo sobre mis clientes. ¿Acaso cree que soy como esos cretinos de Mossack-Fonseca que permiten que cualquier pelagatos utilice sus servicios por setecientos euros al año?

—Me consta que no.

—¡Naturalmente! ¿Qué demonios podría interesarme saber de alguien que tan solo me paga lo que cuesta una buena cena? En Sterling e Hijos no admitimos a nadie por una cuota inferior a los doscientos mil euros anuales, pero garantizamos absoluta seguridad y si algún día se produjera una indiscreción, lo compensaríamos con diez millones de euros.

—¿Cuántas veces los han abonado?

—De momento ninguna, porque ni un solo documento se ha filtrado de nuestras instalaciones a lo largo de setenta y tres años.

—¿Y cómo lo consiguen?

—Con mucho esfuerzo y no confiando en los ordenadores. Mi padre fue el primero en comprender que facilitaban mucho el trabajo, pero que cuanto más sencillo resulta el trabajo más chapucero se vuelve. El tiempo ha demostrado que un buen *hacker* es capaz de violar los sistemas de seguridad de cualquier empresa que utilice internet, y por lo tanto la mejor forma de conseguir que no entren en tus ordenadores es no tenerlos.

Quien le escuchaba cada vez más perplejo tuvo que recurrir de nuevo al truco de la lengua en el hueco de la muela antes de decidirse a inquirir, como si lo que dijera sonara a herejía:

—¿Está intentando hacerme creer que manejan información por valor de miles de millones sin utilizar ordenadores? —La silenciosa respuesta le obligó a añadir—: ¡No puedo creerlo!

—¿Y por qué no? Si lo habíamos hecho durante más de medio siglo no teníamos por qué cambiar debido a que se hubiera inventado un sistema más cómodo.

—Los tiempos cambian.

—No siempre para bien —replicó ella segura de sí misma—. Quien se compra un traje en un mercadillo se arriesga a que la tela sea de mala calidad o se le rompan las costuras, con lo que, tal como usted mismo ha dicho, se queda con el culo al aire. Sin embargo, nuestra firma siempre ha sido como una exclusiva sastrería a la medida, por lo que quien confía en nosotros sabe que eso nunca le ocurrirá.

Aquel constituía un claro ejemplo de la eterna lucha entre la artesanía y la industria, aunque Arturo Fizcarrald jamás hubiera imaginado que tal enfrentamiento pudiera tener lugar en un campo tan hermético como el de las empresas que manejaban documentación altamente comprometedora.

—¿Y cómo lo consiguen? —repitió la pregunta casi machaconamente.

Ahora sí que Silvana Sterling-Harrison sonrió con ganas dejando a la vista una impecable dentadura en la que, sin duda, había invertido una pequeña fortuna.

—Tal vez... —dijo—. Solo «tal vez», algún día se lo explique, pero únicamente sería posible si le considerara un socio «colaborador» y no un simple cliente.

—Resulta difícil «colaborar» sin tener ni la menor idea de en qué se colabora.

—Lo entiendo... —admitió su anfitriona al tiempo que extraía del bolso un viejo y resobado libro que colocó sobre la mesa—. Se publicó hace más de cuarenta años pero sirve para comprender que cuando las cosas se hacen mal nunca mejorarán por mucho que intenten arreglarse. ¡Léalo! —pidió—. Descubrirá hasta qué punto la insensatez engendró un gigante con los pies de barro, y si cuando lo haya hecho le sigue interesando «colaborar», llámeme.

II

La Pequeña Ibis —que había adoptado su nombre de guerra de una elegante ave tropical de color escarlata— parecía haber servido de modelo a la hora de diseñar a una bailarina de caja de música.

A Caribel, que aspiraba a convertirse en fotógrafa de modas, le encantaba que posara para ella, puesto que poseía una infinita paciencia y le permitía enfocarla desde todos los ángulos con el fin de conseguir que resaltara el esplendor de su melena rojiza, sus inmensos y felinos ojos verdes, sus dientes perfectos y su precioso rostro levemente pecoso.

Para deslumbrar a sus «muy exclusivos clientes» a la Pequeña Ibis le bastaba con una falda escocesa que le llegaba a medio muslo, calcetines blancos y una blusa que destacaba sus agresivos pechos, por lo que más que pupila de burdel parecía una inocente quinceañera saliendo del colegio.

Caribel siempre había considerado que aquel sencillo uniforme que podía comprarse en rebajas rendía más que el más exclusivo diseño de Dior.

Pero ahora la falda se encontraba en un rincón, la blusa, hecha jirones, uno de los ojos, casi fuera de su órbita y la blanca dentadura, ensangrentada.

Observó en silencio el destrozado cuerpo de una criatura que apenas había «disfrutado» de dieciocho años de aperreada vida, se inclinó para comprobar que estaba muerta, lanzó un reniego y abandonó la estancia cerrando a sus espaldas.

Sentada ante el espejo comenzó a maquillarse muy despacio, sujetándose la mano derecha con la izquierda puesto que el pulso le temblaba.

Al poco musitó unas palabras pidiéndole perdón a la difunta por no haber gritado solicitando una ayuda que ya de nada hubiera servido.

Le constaba que la muchacha lo entendería porque sabía muy bien lo que significaría verse envuelta en un delito tan grave siendo prostituta de lujo y extranjera.

Se vería obligada a soportar horas de duros interrogatorios, toda clase de vejaciones, tal vez una acusación de complicidad, y quizá, con mucha suerte, la libertad a cambio de abandonar el país.

—Yo no te culparía si hubieras hecho lo mismo, pequeña... —añadió como si fuera la mismísima Ibis quien la miraba desde el otro lado del espejo—. Nos consideran basura y siempre acabamos pagando los platos rotos.

Pocos policías solían mostrar empatía hacia una sofisticada jovenzuela que ganaba en una hora lo que él ganaba en un mes de jugarse la vida.

Tal vez se compadecerían de pobres analfabetas de las que malvivían a base de soportar toda clase de calamidades bajo el sol, el frío y la lluvia, pero no por quien hablando cinco idiomas y habiendo estudiado en una buena universidad, prefería abrirse de piernas a molerse el culo tras una mesa de despacho durante toda una larga jornada de trabajo.

Como Lady Ámbar comentara en cierta ocasión:

«En un lugar frecuentado por gente importante una puta muerta acarrea más problemas que cien putas vivas, puesto que a las vivas se les puede hacer callar con dinero pero a las muertas no.»

Era una teoría que se enfrentaba sin pudor al viejo dicho: «Los muertos no hablan», pero lo cierto era que la aseveración mafiosa pertenecía a unos tiempos en los que la tecnología forense no había alcanzado los sorprendentes adelantos actuales.

—En cuarenta y ocho horas habrán encontrado a ese malnacido, cielo... —musitó de nuevo como si la pelirroja pudiera oírla—. Y espero que se pudra entre rejas.

Apretó los dientes con el fin de evitar que una lágrima le arruinara el maquillaje, se cubrió con un vestido negro que la hacía parecer una viuda insatisfecha, comprobó que la puerta del dormitorio vecino continuaba cerrada, y se lanzó a la cada vez más difícil tarea de fingir naturalidad.

La entrada en escena, bajando por una escalera de gruesa alfombra roja, muy parecida a la de la película *Lo que el viento se llevó*, constituía el primer acto —y con frecuencia el más importante— de una comedia de la que casi siempre se conocía el final, pero del que dependía que la representación fuera corta y bien remunerada o tediosa y poco aplaudida.

Allí nadie acudía con intención de descubrir los ocultos méritos de una futura esposa, sino para satisfacer sus más inmediatas necesidades o sus más ocultas fantasías, por lo que la primera impresión debía resultar impactante.

Un par de años atrás un desmadrado chatarrero había pagado doscientos mil euros por cerrar una noche el local y hacerle el amor en lo alto de la escalera a una albanesa que le había deslumbrado en el momento de hacer su aparición.

Absolutamente satisfecho por el resultado obtenido se llevó como trofeos la alfombra y a la albanesa.

Al parecer había encargado una escalera exactamente igual para una fastuosa mansión desde cuyos ventanales se distinguía un océano de coches, camiones o tractores que se oxidaban a la intemperie.

Alegaba, y cabía entender sus razonamientos, que si había nacido, había crecido y se había hecho rico rodeado de chatarra, lógico era que se mantuviera cerca de ella, puesto que al fin y al cabo le encantaba su trabajo.

Se trataba de un cliente derrochador, divertido y casi alucinante, puesto que decía cosas tan pintorescas como que su padre había muerto «mientras dormía por causas naturales» y que su madre le había traído al mundo en una ambulancia, pero no en una ambulancia cualquiera, sino en una a la que le faltaban el motor y las ruedas ya que formaba parte del gigantesco cementerio de automóviles.

A Caribel, que hasta la llegada de la albanesa había compartido con él algunas noches de cama y risas, le encantaba verlo feliz con su albanesa y que la albanesa fuera feliz con él.

De tanto en tanto acudían a cenar invitando a todo el personal, por lo que lamentó que esa noche no estuvieran allí para ayudarla a olvidar sus preocupaciones.

La clientela era ya escasa y de aún más escaso interés; media docena de jugadores en el pequeño casino privado al que no tenían acceso más que los socios, tres niñatos pasados de copas que esperaban en el piano-bar a que a última hora se rebajaran los precios tal como solían hacer algunas líneas aéreas y un empresario «ya servido», pero al que al parecer nadie esperaba en parte alguna.

Se sentó a su lado sabiendo que contaba interesantes anécdotas debido a que había recorrido medio mundo levantando escuelas, cuarteles y hospitales prefabricados.

Había aprendido «el oficio» de los mogoles, que montaban y desmontaban sus campamentos en un abrir y cerrar de ojos en cuanto necesitaban lanzarse a la búsqueda de nuevos pastos, y se sentía sumamente orgulloso de la «ciudad» que había construido en apenas dos meses en una lejana isla del Pacífico arrasada por un tifón.

Media hora más tarde el gerente, que rara vez se dejaba ver por el piano-bar, el comedor, o los salones, y nunca por los dormitorios, acudió a comunicar que se había producido una rotura en una de las tuberías principales, no llegaba agua a los grifos y todos debían marcharse hasta que se solucionara la avería.

Caribel admitió que si se trataba de una excusa —y debía de serlo porque al pobre hombre se le advertía pálido y desencajado— era excelente, puesto que de ese modo se evitaba que tanto clientes como pupilas se vieran obligados a identificarse y declarar.

Algunas de las chicas serían deportadas y algunos parroquianos se verían en un aprieto, por lo que diez minutos más tarde en el aparcamiento tan solo quedaban tres coches.

Ninguno de ellos de alta gama.

Arturo Fizcarrald era un hombre muy inteligente, y su esposa Bárbara había sido una mujer extraordinariamente hermosa, pero la noche que engendraron a su única hija la genética debía de encontrarse atareada, dormida o confundida, puesto que el resultado fue una criatura con el tosco físico de su padre y el diminuto cerebro de su madre.

Al parecer, en la familia de su novio, que esa noche venía a cenar con el fin de «ajustar detalles sobre la boda», debía de haber ocurrido un fenómeno similar, por lo que al abrumado Arturo Fizcarrald no le quedaba más remedio que preguntarse qué aspecto o qué mentalidad tendrían sus futuros nietos.

A no ser que la genética diera un giro de ciento ochenta grados, cosa que consideraba harto improbable, se vería rodeado de una pandilla de horrendos renacuajos de monstruosas cabezotas.

La poco agraciada Sue, tan desfavorecida por la naturaleza en todos los aspectos, había sido no obstante generosamente dotada con la poco apreciada «virtud» de la inoportunidad, gracias a la cual, de las trescientas sesenta y seis noches del año, que era bisiesto, había elegido precisamente aquella para que su futuro esposo les enseñara el anillo de compromiso más hortera del planeta.

Debido a ello don Arturo se había visto obligado a dejar sobre la mesilla de noche el libro que le entregara Silvana Sterling-Harrison, y que comenzaba a intrigarle, con el fin de sentarse a escuchar enervantes memeces, puesto que la pareja, además de fea y cretina, era clasista.

Ignoraba el linaje de quien sorbía la sopa como una aspiradora que retirara el polvo de debajo de la alfombra, pero sin duda necesitaría siete generaciones de antepasados de nobleza acreditada para tener el más mínimo derecho a hablar como lo hacía.

Quien le escuchaba embobada, y raro hubiera sido que le pudiera escuchar de otra manera, descendía de una corista de pésima reputación y de un fullero que había amasado su fortuna cometiendo toda clase de tropelías, pero asentía una y otra vez como si en verdad tanto ella como su pretendiente gozaran del derecho divino a considerarse por encima del resto de los mortales.

Como don Arturo Fizcarrald era un canalla, y lo admitía, su mujer había sido una golfa tardíamente arrepentida, y también lo admitía, le costaba un gran esfuerzo admitir que el único fruto de tan frecuente unión entre maleantes y barraganas pudiera sentirse superior al más miserable de los mendigos.

Pero así estaban las cosas.

La vida le había concedido una salud de hierro y dinero con el que comprar amor del más costoso, lo cual rebatía el viejo dicho que aseguraba que son la salud, el dinero y el amor los que proporcionan la felicidad.

Sin hijos de los que sentirse orgulloso no existía posibilidad alguna de ser feliz puesto que la máxima aspiración de todo ser humano es dejar un fruto que mejore su estirpe.

Se habían necesitado cientos de generaciones para pasar del «homo erecto» al «homo sapiens», pero parecía bastar con una sola para pasar del «homo sapiens» al «homo estúpidus».

Y allí estaba ahora él, con la mente puesta en las razones que tendría Silvana Sterling-Harrison para «regalarle» millones, pero teniendo que aguantar la insoportable cháchara de un payaso que se consideraba a sí mismo el rey del circo.

Aunque don Arturo se veía obligado a reconocer que si aquel mastuerzo era capaz de acostarse con el adefesio de su hija se hacía merecedor de todos los aplausos, ya que demostraba más valor que el más arriesgado domador de leones.

Y es que, por lo poco que sabía de su familia, ni siquiera necesitaba echar mano de la eterna disculpa de verse obligado a contraer matrimonio por dinero, ya que al parecer heredaría seis fábricas de muebles y dos de cristales, lo cual quería decir que lo suyo no era necesidad de dar un braguetazo, sino auténtica degeneración.

¿Cómo era posible que con la cantidad de mujeres hermosas e inteligentes que pululaban por doquier, aquel pingüino repeinado hubiera venido a enamorarse de semejante «plasta» descerebrada?

Resultaba evidente que en esta ocasión el amor no solo había sido ciego, sino también sordo y mudo.

A veces, ¡solo a veces!, don Arturo Fizcarrald se sentía culpable por mostrarse tan intransigente con su hija, pero el hecho de llevar diecinueve años buscando inútilmente una razón para no aborrecerla había acabado por convencerle de que no existía.

Cuando a los postres la insoportable pareja comenzó a enumerar los detalles de la fastuosa boda a la que pensaban invitar a trescientas personalidades, no le bastó con el viejo truco de meter la lengua en el hueco de la muela, y experimentó unos casi incontrolables deseos de vomitar sobre la tarta de fresa, aunque se limitó a comentar que «tenía que ir a empolvarse la nariz».

Mientras orinaba se miró en el espejo y no pudo por menos que preguntarse qué aspecto tendría embutido en un frac y sonriendo como un lelo a cuantos acudieran a felicitarle por tan fastuoso acontecimiento.

Sería un día para olvidar, aunque se consoló al pensar que al menos tendría un momento digno de ser vivido; aquel en el que al pie del altar le dijera al novio: «Te entrego a mi hija», al tiempo que añadía mentalmente, «y te suplico que no me la devuelvas».

Tras otra larga hora de soportar carantoñas y sandeces al fin pudo irse a la cama, y cuando Bárbara le preguntó qué pensaba sobre el chico replicó con absoluta sinceridad: «Es como un ángel caído del cielo.»

III

Fue de las primeras en enfilar la carretera, pero a un par de kilómetros cambió de opinión, giró en la siguiente rotonda, se adentró por un camino vecinal y acabó por detenerse en la cima de un altozano desde el que se dominaba el antiguo monasterio, del que casi lo único que quedaba en pie de la construcción original eran los muros y el campanario.

Ya a oscuras permaneció muy quieta, aún con las manos sobre el volante, preguntándose por qué estaba cometiendo semejante estupidez, y qué necesidad tenía de meterse en problemas.

No supo encontrar respuesta ya que la vida le había enseñado a comportarse de una forma racional y teniendo presente que debía cuidar de sí misma puesto que nadie más lo haría.

Se había esforzado tan a conciencia que ya era dueña de un agradable chalet, tres apartamentos, un buen coche y dos cuentas corrientes, lo cual, unido a un puñado de acciones de empresas solventes, quizá le permitiría vivir sin agobios.

Pero un «quizá» no era suficiente, puesto que si se retiraba antes de tiempo y al cabo de un par de años descubría que las acciones habían bajado, los inquilinos no pagaban o Hacienda le robaba más de lo previsto, las cuentas no le cuadrarían y sería demasiado tarde, debido a que su privilegiado puesto en El Convento ya habría sido ocupado.

Tenía que continuar abriendo brecha, o como le solía decir Lady Ámbar «permitiendo que le abrieran la brecha», hasta que sus pezones dejaran de apuntar al cielo o su trasero dejara de parecer de alabastro.

Docenas de páginas de revistas, así como llamativos folletos publicitarios acreditaban que ocasionalmente trabajaba como modelo de lencería o trajes de baño, lo cual servía a la hora de justificar ingresos, aunque tan solo ella sabía que el hecho de posar a la orilla del mar durante horas no daba para tanto.

Un buen día en El Convento rendía más beneficios que una semana de soportar maquilladores, peluqueros y fotógrafos mientras se veía obligada a rechazar las insinuaciones de ejecutivos que por el simple hecho de haber hecho que la contrataran para un anuncio de su empresa se creían con derecho a llevársela a la cama sin pagar suplemento.

O simplemente a cenar.

Para cierto tipo de mastuerzos, lucirse con una actriz o una modelo era casi tan importante como acostarse con ella, pero Caribel no había tardado en descubrir que ese tipo de cenas tan solo producían ardor de estómago, dolor de cabeza y «michelines».

La gran maestra del oficio, la inimitable Lady Ámbar, aseguraba:

—Contra lo que todos creen, las mujeres de nuestra condición no somos carne fresca; somos pescado fresco que o se vende pronto o acaba apestando.

En otra ocasión le había advertido:

—Durante los próximos cinco años esfuérzate en cuidar tu cuerpo, que ya tendrás el resto de la vida para cuidar tu alma.

Lady Ámbar habría ganado una fortuna escribiendo un *Manual para señoritas de compañía*, aunque nunca quiso intentarlo alegando que habría sido como enseñar griego a las gacelas; seguirían siendo unas criaturas adorables pero jamás entenderían a Platón.

—No es que sea necesario haber leído a los clásicos para que te paguen por bajarte las bragas... —afirmaba—. Pero si sabes que Platón escribió los *Diálogos*, te pagan más.

Su teoría se basaba en que, pese a no haber tenido la menor competencia, Eva había sido una incompetente que perdió el paraíso por culpa de una manzana

—aunque en buena lógica debería haberse tratado de un plátano—, por lo que toda mujer sensata tenía la obligación de evitar cualquier tipo de tentación hasta haberse asegurado su propio paraíso.

Para Lady Ámbar, desde el momento en que la devoción se anteponía a la obligación se dejaba de ser una profesional de especiales características para pasar a convertirse en un putón desorejado.

Aunque se ufanaba de no decir nunca palabras malsonantes ni emplear expresiones de mal gusto, una noche que se encontraba inspirada aseguró que un hombre atractivo era a una «Superputa» lo que la criptonita a «Supermán».

—En cuanto te descuidas te arrebata tus poderes y se queda con tu dinero, o sea que huye de los chicos guapos... —le aconsejó—. Admito que suelen ser decorativos, pero los bancos no los aceptan como aval de una hipoteca.

Se retiró muy rica cuando acababa de cumplir veintiocho años y con las manos aún sobre el volante Caribel admitió que le habría arreado un sopapo al advertir cómo estaba arriesgando su carrera.

¿Qué diablos se le había perdido en mitad de un bosquecillo a las cuatro de la mañana y qué importaba cuánto tardaría en llegar la policía, la ambulancia o un coche fúnebre que se llevara el cadáver de la Pequeña Ibis?

Lo único que tenía que hacer era consultar al día siguiente la lista de los sepelios que tendrían lugar en los diferentes tanatorios de la ciudad; el resto era cotillería o morbosidad y nunca se había considerado ni cotilla, ni morbosa.

Salió a tomar un poco de aire fresco que falta le hacía, y le sorprendió que el cielo estuviera tan estrellado, por lo que intentó recordar cuánto hacía que no pasaba una noche al raso.

Desde que las monjas la llevaban al campo algunos fines de semana y las niñas cantaban a coro:

«Qué buenas son las hermanas ursulinas: qué buenas son, que nos llevan de excursión.»

Lo pasaba muy bien, pero no recordaba que hubiera tantas estrellas.

Continuó admirándolas algo desconcertada porque pasaba el tiempo y no ocurría nada, por lo que empezó a plantearse que tal vez se había equivocado y la pelirroja no había muerto.

Al fin y al cabo se trataba del primer cadáver —si es que lo era— que había visto.

No tardó en desechar la idea: si a pesar de la brutal paliza la muchacha seguía con vida tendrían que haber llamado a una ambulancia.

Las luces del aparcamiento se habían apagado y en la casa tan solo brillaban las de cuatro ventanas, incluida la del dormitorio de Ibis, pero no se advertía movimiento alguno, por lo que decidió abrir el maletero y extraer de un resobado maletín su mejor cámara con su mayor teleobjetivo.

Tantos años de trabajar ante ellas le habían enseñado a trabajar tras ellas.

Algún día, cuando considerara que su futuro estaba tan asegurado como el de Lady Ámbar, montaría un estudio y se dedicaría a fotografiar chicos guapos, tal como evolucionaba el mercado las agencias acabarían pagando más por la imagen de un deportista en calzoncillos que de una actriz totalmente desnuda.

La mayoría de las campañas publicitarias estaban destinadas a las mujeres, puesto que excepto en lo que se refería al sexo, consumían más que los hombres.

Encendió un cigarrillo y continuó esperando.

Ya no sabía qué esperaba pero había decidido no moverse hasta que lo averiguara.

Transcurrió casi otra hora y al fin los faros de un vehículo hicieron su aparición en la solitaria carretera.

Tenía todo el aspecto de una ambulancia, pero no llevaba las luces apropiadas y cuando atravesó la verja quedó evidente que se trataba de una furgoneta verde, que cruzó el aparcamiento y desapareció por el garaje privado cuya rampa se abría en un extremo del edificio, y del que sabía que existía un montacargas que conducía a los últimos pisos.

A través del teleobjetivo pudo advertir que ahora

sí se producía movimiento en el dormitorio de Ibis, pero tan solo se trataba de sombras imprecisas y figuras borrosas que cruzaban de un lado a otro.

—¡Malditos cerdos!

Su espontánea exclamación no servía de mucho, de igual modo que tampoco creyó que pudieran servir las fotos que estaba haciendo con tan escasa luz, pero aun así no dejó de apretar el disparador desde que la furgoneta surgió del garaje, cruzó el aparcamiento, desapareció en la distancia y El Convento quedó casi completamente a oscuras.

Fue entonces cuando comenzó a llorar.

Lloró desconsoladamente, echando fuera todo el dolor que sentía por la muerte de su amiga y la indescriptible sensación de rabia, frustración e impotencia que le producía el hecho de comprender que se había comportado como una imbécil al no suponer que quienes regentaban un negocio que producía millones en dinero negro harían cuanto estuviera en sus manos por evitar el escándalo.

Probablemente el cuerpo de la pobre Ibis aparecería en un lejano vertedero o bajo una capa de cal viva, por lo que continuó llorando casi hasta un amanecer en que se marchó a casa sintiéndose más sola de lo que se había sentido nunca pese a que siempre había amado la soledad.

Al ser una mujer que cobraba por hacer compañía

a quienes no deseaba acompañar, los conceptos de trabajo y compañía habían acabado significando lo mismo, debido a lo cual cuando no estaba trabajando prefería no sentir a nadie a su alrededor.

Durmió hasta el anochecer en que se levantó a comer algo, y se sentó luego a fumar a oscuras inmersa en sus aún más oscuros pensamientos.

Adoraba el orden, el silencio y la pulcritud de una casa en la que nadie estaba autorizado a entrar dando voces, oliendo a alcohol o lanzando los zapatos a un rincón.

Allí no se desvestía más que ella, que podía andar desnuda sin tener que soportar frases obscenas, y que cuando necesitaba cubrirse elegía cualquier cosa sin importarle que pudiera gustarle o no al chico del supermercado o al cartero.

Ni una sola persona había cruzado el umbral de su puerta desde que en agosto tuvieron que cambiarle la nevera, puesto que ni tan siquiera muchacha de servicio había querido tener nunca.

Le gustaba limpiar, fregar y barrer porque mientras lo hacía tan solo se preocupaba de procurar que todo quedase «como los chorros del oro».

Ni tan siquiera el jardinero, un portugués que además cuidaba la piscina, le dirigía apenas la palabra sabiendo como sabía que no le gustaba hablar y que las rosas no necesitaban palabras a la hora de florecer.

Descansó el resto del día, y a la mañana siguiente, tras comprobar que nadie hacía referencia a la aparición del cadáver de una muchacha, decidió salir al porche y saludar con una leve sonrisa a su vecino.

Jonathan era la persona más dulce que había conocido y la única a la que realmente quería.

El desayuno constituyó una especie de prolongación de la cena, aunque con un cretino menos puesto que, en ausencia del futuro esposo, su futura esposa y su futura suegra tomaron el relevo a la hora de soltar memeces y enumerar el dechado de virtudes por las que cada «personalidad» era digna de ser invitada a la boda, así como qué lugar debería ocupar en cada mesa siguiendo las rígidas normas del más estricto protocolo palaciego.

Qué diablos podían saber una ex corista casi analfabeta y una gaznápira que había necesitado tres profesores privados a la hora de aprobar el bachillerato sobre protocolo palaciego constituía un misterio, pero allí estaban, tachando o anotando nombres y tuteando a personajes —algunos de ellos en verdad importantes— a los que nunca habían conocido.

Como aseguraba su admirado *Manual de las derrotas*:

«La unión de la ignorancia y la insensatez jamás dieron como fruto una victoria.»

Arturo Fizcarrald suponía que la mitad de las mesas se quedarían vacías y que los aburridos camareros acabarían zampándose suculentos manjares que le habrían costado una fortuna, pero consideraba un dinero bien empleado siempre que al finalizar el banquete pudiera considerarse suegro antes que padre.

La elección del cocinero también constituyó motivo de debate y al parecer dependía del número de veces que hubiera aparecido en televisión, preparando recetas que la mayor parte de las veces ningún ama de casa se sentía capaz de reproducir.

O al menos reproducir con aceptable éxito.

Siempre le había sorprendido que los espectadores se pasaran horas viendo un programa en el que el jurado emitía su veredicto sin que quien se encontraba al otro lado de la pantalla pudiera apreciar si el plato ganador olía a perros muertos o sabía a demonios.

Aceptaba los concursos de baile, canto, o habilidad, puesto que era algo sobre lo que podía opinar desde su butaca, pero le irritaba perder el tiempo con un tema sobre lo que no le daban la oportunidad de decir ni una palabra.

Aquella soleada mañana los dos cocineros que al parecer tenían más opciones de costarle un ojo de la cara, eran un español y un sueco, aunque confiaba en que con el paso del tiempo las empecinadas mentecatas decidieran conformarse con un chef local.

Tenía un amigo que le debía varios favores y sin duda le haría un buen precio, pero se abstuvo de mencionarlo porque sabía que el mero hecho de pronunciar su nombre habría provocado que le borraran de la lista de candidatos.

Largos años de matrimonio enseñaban mucho.

Llegó luego la hora del traje de novia y se inquietó al advertir que ambas se inclinaban por un modelo al que llamaban Corte Imperio, con el que la horrenda criatura parecería una mona embarazada y se arriesgaba a que su prometido recobrara el sentido común en el último momento y decidiera tomar un avión rumbo a Calcuta.

Optó por alabarlo pero añadiendo una malintencionada coletilla:

—Además de bonito es el más barato.

Largos años de matrimonio enseñaban mucho puesto que consiguió que quedara inmediatamente descartado.

La ostentación era un defecto propio de los nuevos ricos, que cuanto más lerdos más gala solían hacer de cuanto tenían sin importarles cómo lo habían obtenido.

Arturo Fizcarrald sabía muy bien que su dinero provenía de inmundas cloacas y aunque su mujer también lo sabía, se esforzaba a la hora de airear su hedor sin importarle que la pestilencia alcanzara a quienes tenían la obligación de preguntarse el origen de tan desmesurada fortuna.

Hasta el momento había conseguido sobornarlos, pero cabía suponer que en el momento más inesperado hiciera su aparición un funcionario honesto.

Le constaba que en algunos países nórdicos existían, pero también le constaba que la corrupción era un mal contagioso que se transmitía por contacto directo, mientras que la honestidad era una vacuna que no se vendía en parte alguna.

Si se vendiera no sería honesta.

Él mismo, que a los tres años mentía, a los seis robaba, a los diez estafaba, a los quince atracaba y a los dieciocho sobornaba, había estado en contacto directo con unos padres intachablemente honestos que jamás consiguieron que se comportara de una forma decente.

Paradigma de la corrupción a todos los niveles, había decidido no contagiar a quienes parecían felices viviendo al límite de la miseria, sobre todo desde la noche en que le señalaron que preferían pedir limosna a aceptar su dinero.

Cuando, agotado ya también el tema del vestido de novia, sobrevoló sobre el comedor la amenaza de elegir el lugar en que la feliz pareja pasaría la luna de miel, comentó que no tenía el menor interés en ser quien decidiera dónde perdería la inocencia su adorada hijita, aunque dudaba mucho de que algún día hubiera sido inocente.

Tonta sí, pero no inocente.

Consiguió refugiarse en el bendito silencio y la soledad de su despacho respirando con tanto alivio como la liebre que ha escapado de la insistente persecución de los podencos, pero por desgracia, su tranquilidad tan solo duró página y media, el tiempo que tardó el mayordomo en anunciarle la llegada de el Químico.

Además de inoportuno y áspero en el trato, el Químico era muy alto y muy flaco, lo cual constituía un mudo insulto hacia un anfitrión cuya cabeza apenas sobresalía del respaldo de la butaca mientras el ombligo le rozaba la mesa.

Tenía una voz profunda y cavernosa, unas manos enormes y unas orejas tan largas que en cuanto ladeaba la cabeza los lóbulos le rozaban el cuello de la camisa.

Tras un corto saludo tomó asiento al tiempo que extraía del bolsillo dos billetes de quinientos euros que depositó sobre la mesa.

—¿Se siente capaz de encontrar alguna diferencia? —inquirió en un tono casi retador.

Arturo Fizcarrald no era hombre al que le gustaran las adivinanzas y menos aún los juegos en los que no llevara ventaja, pero por simple deferencia hacia el influyente personaje que le había suplicado que tuviera a bien recibir a quien tan solo conocía por el sobrenombre de el Químico, dedicó un cierto tiempo a estudiar los billetes, utilizando la pequeña lupa que siempre guardaba en un cajón.

—Son auténticos —sentenció al fin como dando por terminada la entrevista—. Únicamente les diferencia la numeración.

—¡Correcto! Ambos son de curso legal y tan solo les distingue el número y la serie. —El molesto visitante alzó una de sus gigantescas manos como si se tratara de un guante de béisbol que intentara detener una pelota demasiado rápida al añadir con intención—: Son iguales pero...

—Pero... ¿qué?

—Pero dentro de cuatro años uno seguirá siendo válido y el otro no.

—Sospecho que me está haciendo perder el tiempo.

—Y está en su derecho. Yo también lo pensaría... ¿Pero qué sucedería si tuviera algún viso de realidad?

Don Arturo Fizcarrald observó de medio lado al orejudo que empezaba a impacientarle pero al propio tiempo empezaba a intrigarle, por lo que optó por la cómoda y recurrente opción de encogerse de hombros.

—No tengo la menor idea... —admitió—. Y la verdad es que tampoco me importa.

—¿Acaso no guarda billetes de quinientos en la caja fuerte de un banco?

—Es posible...

—¿Y qué cara se le pondría si cuando fuera a buscarlos descubriera que valen menos que un cromo?

Quien se autodenominaba el Químico le recordaba a un peculiar personaje de una película de Fellini, un loco muy alto y muy flaco que se subía a los árboles y se negaba a descender hasta que le proporcionaran una mujer, por lo que estuvo a punto de llamar al mayordomo, que sabía cómo resolver aquel tipo de problemas, pero lo cierto era que el disparatado lunático no parecía peligroso, por lo que decidió seguirle la corriente.

—Supongo que me molestaría.

—Como a cualquiera... ¿Tiene algún billete a mano?

No le dio tiempo a responder puesto que la puerta se abrió bruscamente y su peor pesadilla penetró como una tromba con el fin de colocar sobre la mesa un lujoso folleto y golpearlo una y otra vez con el dedo índice.

—¡Este es el avión que nos gustaría alquilar! —exclamó como si fuera lo más importante del mundo—. De ese modo los periodistas no sabrán dónde estamos pasando nuestra luna de miel.

Lo primero que hizo fue preguntarse a qué inepto periodista podría importarle un carajo dónde pasaran su luna de miel un par de macacos a los que les debería bastar con un puñado de bananas y la rama de un alcornoque, pero captó la expresión de desconcierto de su visitante, que parecía haber perdido de improviso la mayor parte de su aplomo.

—Es mi hija... —se limitó a comentar.

—¡Ya!

—Nunca he conseguido que aprenda a llamar a la puerta ni a saludar a las visitas.

—No se preocupe; también tengo hijos.

Cabía preguntarse qué aspecto tendrían con semejante padre, pero como no podría ser peor que lo presente se limitó a hojear el folleto y comentar:

—Cuesta una fortuna. ¿Cuánto tiempo lo necesitarías?

—Tres semanas.

—Me lo pensaré... —Le acarició el áspero cabello, aunque no era cosa que le agradara, para concluir—: Y ahora déjanos solos, cielo; tenemos asuntos importantes que discutir.

La maleducada criatura abandonó la estancia sin tan siquiera despedirse, feliz por la idea de disponer de un avión privado con el que ocultarse pese a que nadie la buscara, por lo que, tras lanzar un suspiro de resignación, su padre volvió a la realidad y extrajo de un cajón varios billetes de quinientos euros que extendió sobre la mesa.

—¿Qué opina de ellos? —quiso saber.

El larguirucho se inclinó con el aspecto de un ave carroñera dispuesta a sacarle los ojos a un cadáver y tan solo necesitó medio minuto para replicar:

—Seis buenos y uno malo.

—¿Falso?

—¡En absoluto! —insistió el monstruo de las manazas—. Ya le he dicho que todos son de curso legal. —Dejó transcurrir el tiempo con la evidente intención de añadir suspense a su siguiente afirmación—: Pero llegará un día en que este se convertirá en papel mojado y el resto no.

—¿Cómo puede saberlo?

—Lo sé, que es lo que importa. Y le recuerdo que en estos momentos circulan seiscientos millones de estos billetes. ¿Capta la magnitud de la cifra?

—Trescientos mil millones de euros... —respondió su interlocutor—. Si es que aún sigo sabiendo multiplicar.

—Vendría a ser como regalar mil euros a cada europeo, fuera hombre o mujer, joven o viejo, rico o pobre...

Arrastrado por la fuerza de tales números, el hombre que aborrecía a su esposa, abominaba de su hija, se había olvidado de sus padres y nunca había sentido aprecio por casi ningún ser que tuviera patas, corriera, nadara, volara o se arrastrara, dejó a un lado su tradicional escepticismo con el fin de admitir:

—Mucho dinero es ese, pero continúo sin ver qué pinto yo en esta historia.

El desgarbado larguirucho salido de una película de Fellini, se puso en pie y recorrió de un lado a otro el gigantesco despacho como si el hecho de estirar aún más sus desmesuradas piernas le ayudara a expresarse mejor.

—Por lo que me han dicho, usted se relaciona con traficantes de armas, dictadores, políticos corruptos y empresarios sin escrúpulos; es decir, el tipo de gente que guarda unos billetes que muy pronto no valdrán nada.

—Demuéstreme que no valdrán nada.

—Supongo que le bastará con esto.

Arturo Fizcarrald tuvo que recurrir de nuevo a la lupa a la hora de estudiar a conciencia el billete que su incómodo visitante acababa de dejar sobre la mesa, y comprobar hasta la saciedad que había sido impreso respetando todas las normas, pero que en aquellos momentos no serviría ni para pagar una chocolatina.

Se introdujo una vez más la lengua en el hueco de la muela, negó varias veces con la cabeza resistiéndose a aceptar lo evidente y acabó por alzar el rostro para inquirir dándose por vencido:

—¿Cómo lo ha conseguido?

—Ese es mi secreto —fue la firme respuesta—. Usted no sabe quién soy pero ahora sabe que no miento, y que está en condiciones de advertir a unos socios y amigos que guardan muchísimo dinero que puede perder una buena parte de él. ¿Cuánto le darían por saber de qué billetes deben desprenderse?

—Bastante, supongo.

—Pues usted se queda con la mitad de ese «bastante», y yo con la otra mitad.

—¿Le importaría sentarse? —suplicó su anfitrión—. Acabará poniéndome nervioso con tanto ir de un lado a otro.

—Por lo que sé de usted, jamás se pone nervioso, pero admito que le he hecho una oferta poco habitual.

Incluso para alguien que había dedicado la mayor parte de su vida a cometer toda clase de tropelías consideradas «poco habituales», aquella era, ciertamente, una oferta que iba más allá de cuanto hubiera sido capaz de imaginar, por lo que, tras meditar largo rato sin dejar de palpar el billete y acariciarse las muelas con la lengua, don Arturo Fizcarrald acabó por asentir pese a no estar absolutamente convencido:

—Ciertamente este dinero es legal aunque inservible puesto que carece de numeración y sin numeración nadie puede admitirlo —dijo mientras lanzaba un bufido con el que pretendía admitir su inferioridad ante la demostración de talento de quien se encontraba al otro lado de la mesa—. De todo ello deduzco que tiene acceso a una fábrica de moneda, y en algún momento advirtió que lo único que se puede manipular de un billete es la tinta de la numeración... ¿Voy por buen camino?

—De momento...

—No consigo imaginar, pues no soy químico, qué clase de producto ha utilizado a la hora de conseguir que con el paso del tiempo esa tinta se diluya, pero admito que se trata de una genialidad. ¡Es más...! Lo considero una auténtica obra de arte.

—Se agradece el cumplido —fue la respuesta acompañada de una sonrisa de innegable satisfacción—. Me ha exigido ocho años de trabajo.

—Y ha valido la pena porque constituye un derroche de astucia, paciencia y audacia. —El dueño de la casa hizo una nueva pausa antes de puntualizar—: Y yo admiro la astucia y la paciencia, pero detesto la audacia cuando lo que está en juego es pasarse el resto de la vida entre rejas.

—Se trata de muchísimo dinero.

—Muchísimo dinero deja de ser muchísimo dinero cuando ha costado demasiado, querido amigo. En ese caso se convierte en una carga y una amenaza. Admito que en ocasiones he corrido el riesgo de pasar un tiempo a la sombra mientras se distribuían dádivas que aplacaran a funcionarios demasiado rígidos, pero me consta que hay algo con lo que ningún gobierno transige, y es con que le toquen «su dinero». Los políticos pueden robar a los ciudadanos, pero ningún ciudadano puede robar, tocar, dañar o poner en peligro el dinero de los políticos.

Respiró a todo pulmón, como si necesitara una buena bocanada de aire tras su larga disertación, al tiempo que alzaba un dedo advirtiendo que aún no había concluido, puesto que al poco añadió:

—Jugarse el destino a una sola baza cuando se cuenta con otras constituye una insensatez que no pienso cometer. No obstante, y tras otorgarme a mí mismo la razón en este punto, que al fin y al cabo es la única razón que importa, y como reconocimiento a que tanto esfuerzo merece recompensa, me mantendré al margen aunque proporcionándole el número de teléfono de alguien a quien puede que le interese el asunto.

—¿Quién?

—Eso no puedo decírselo, pero cuando responda a su llamada limítese a preguntar a cuánto cotizará mañana el barril de petróleo.

—¿A cuánto cotizará mañana el barril de petróleo...? —repitió el orejudo—. ¿Eso es todo?

—Eso es todo. Ni una palabra más, ni una menos. Que lleguen o no a un acuerdo ya no es mi problema, pero si llegan a hacer un buen negocio y en agradecimiento deciden obsequiarme con una caja de puros o un Rolls-Royce lo aceptaré encantado.

—¿Qué puros fuma?

—Partagás, pero en cuanto al Rolls-Royce, me gusta el modelo Phantom...

IV

Mientras nadaban se sentían como transportados a otro mundo, puesto que cabría imaginar que habían nacido para vivir en el agua y no en la tierra.

También les encantaba flotar cara al cielo dejando que el sol les calentara, o bucear hasta el fondo de la piscina disfrutando al no sentir el peso de sus cuerpos, quizá debido a que sus cuerpos les condicionaban.

El de ella se ajustaba a los más estrictos cánones de belleza que el más exigente pintor pudiera desear en una modelo, mientras que el de Jonathan constituía casi una caricatura del *David* de Miguel Ángel.

En contrapartida poseía algo que ni el más genial escultor hubiera conseguido proporcionar a una escultura; un espíritu indomable, una inteligencia superior, una memoria privilegiada y un alma limpia que parecía estar llamada a ser más inmortal que cualquier otra.

Y es que aunque la enfermedad le fuera destruyendo día tras día, el dolor se aguzara y del hermoso rostro de antaño ya no quedara apenas nada, jamás salía de sus labios un lamento ni escapaba de sus ojos una lágrima.

Tan solo cuando no conseguía dominarse y se orinaba en la piscina parecía a punto de estallar maldiciendo a los cielos, pero en esos momentos Caribel le calmaba echándose a reír y comentando que no le importaba puesto que de ese modo el agua ya no estaba tan fría.

—Es un viejo truco de buceador —le decía—. Orinarse en el traje de neopreno para estar más caliente.

—Pero es que yo no tengo traje de neopreno.

—¿Y qué más da?

Se habían conocido cuando Jonathan acababa de cumplir quince años, la enfermedad aún se encontraba en su fase inicial y su única preocupación era prepararse de cara al cruel destino que le aguardaba sabiendo que cada vez le costaría más controlar los esfínteres, y eso exasperaba a Caribel puesto que Jonathan era la única persona con la que siempre se sentía a gusto.

Pese a sus limitaciones físicas, o quizá debido a ellas, el muchacho poseía una inmensa cultura, y el día que ella quiso saber a qué se achacaba su desenfrenada necesidad de estudiar su respuesta la confundió:

—Existe un cierto tipo de medusas que cuando se sienten en peligro de muerte, producen y expulsan en cuestión de minutos todos los óvulos o esperma que hubieran sido capaces de generar a lo largo de su existencia, con lo cual provocan una explosión de vida a su alrededor. —Sonrió como si estuviera burlándose de sí mismo al añadir—: Cuando sepa que voy a morir expulsaré cuanto he aprendido, provocando de igual modo una explosión de vida a mi alrededor.

Sus padres sabían muy bien que, pese a que se le pudiera considerar un superdotado, el chico no tendría tiempo de aplicar sus conocimientos, pero no por ello dejaban de alentarle y a cualquier hora del día o de la noche uno de ellos permanecía siempre pendiente de sus necesidades.

A Caribel le asombraba la capacidad de sacrificio de unos seres humanos que habían renunciado incluso a los placeres más nimios con el fin de dedicar todos sus esfuerzos a asegurar el futuro de quien según la ciencia carecía de futuro.

Ahorraban hasta el último euro alegando que la ciencia podía equivocarse y si por alguna razón —más bien debían referirse a un milagro— su hijo les sobrevivía, debía contar con medios para subsistir dignamente.

La pregunta lógica era si no resultaría mejor para todos, incluso para el muchacho, que falleciera antes que sus padres, pero esa era una pregunta para la que todos tenían una respuesta lógica, excepto sus padres.

En raras ocasiones Caribel los convencía para que salieran a cenar, aunque tan solo fuera una hamburguesa, argumentando con absoluta sinceridad que le apetecía quedarse a solas con alguien que siempre parecía vivir en un estrato diferente al resto de los seres humanos.

Tal vez no mejor ni peor, pero sí diferente, merced a su asombrosa capacidad de asimilar conocimientos y sobre todo de asimilar la realidad de un final muy cercano.

—No tengo derecho a quejarme —decía—. He recibido más cariño del que ha recibido la mayoría de la gente a todo lo largo de una larga vida y he conseguido aprender más de lo que la mayoría aprenderá nunca.

Aquel «no tener derecho a quejarse» era un sentimiento compartido por quien había decidido convertirse en pupila de un burdel de lujo, sabiendo que una inmensa mayoría de cuantas ejercían su profesión no había tenido la menor oportunidad a la hora de elegir otro trabajo.

No se consideraba a sí misma ramera vocacional, pero admitía que nadie la había empujado, coaccionado, amenazado, seducido o convencido con besos, caricias, falsas promesas o arrumacos, por lo que todo se reducía a un sencillo planteamiento económico que rendía cuantiosos dividendos.

Debido a ello, si algún día las cosas se torcían y acababa como la Pequeña Ibis «no tendría derecho a lamentarse», ya que habría ganado más en tres años que la mayoría de las putas a lo largo de toda su vida.

Tal como asegurara en cierta ocasión Lady Ámbar:

—La nuestra es una profesión tan peligrosa como la de torero debido a que corremos el riesgo de que nos empitonen, visto que solemos andar entre cornudos.

Cuando le mostró a Jonathan las fotos que había hecho dos noches antes, el muchacho estuvo de acuerdo en que se trataba de un material casi inservible, tanto por la distancia como por la pésima iluminación, aunque añadió que podía intentar mejorarlas pidiéndole a un amigo un programa informático que usaban los muy expertos.

—Pero me llevará tiempo —concluyó.

—¿Cuánto?

—Por lo menos una semana, porque en cuanto cometes el más mínimo error tienes que empezar de nuevo. —Mostró las manos que a menudo le temblaban—. Y yo los cometo a menudo... ¿Por qué te interesa esa furgoneta?

—No puedo decírtelo.

La discreción parecía ser una regla de oro en la familia, ya que ninguno de sus miembros había preguntado nunca por qué razón su atractiva vecina, cuyas fotos aparecían de vez en cuando en las revistas, no recibía a nadie ni hablaba de su origen, su familia o una posible pareja.

Lo único que sabían de ella era que desaparecía durante dos o tres semanas y al volver se encerraba en su casa sin poner los pies en la calle más que para recorrer el medio centenar de metros que separaban ambos jardines.

Su llegada solía ser como una ráfaga de aire fresco que alejara la atmósfera de dolor y angustia con que la malhadada enfermedad envolvía la casa, y como agradecimiento no hacían el menor comentario sobre el pasado, el presente o el futuro de su hermosa amiga.

El buen viento siempre sería buen viento desde dondequiera que soplara, y el mal viento siempre sería mal viento quienquiera que fuera el que soplara.

La mejor forma que tenían de demostrarle su afecto era respetando su intimidad, y gracias a ese respeto se habían ganado su cariño.

Siempre que les visitaba llegaba con dulces, vinos o licores, y a menudo pedía que les enviaran la cena desde los mejores restaurantes.

Esa noche se había empeñado en preparar una barbacoa, pero no una barbacoa cualquiera puesto que había hecho traer la carne, las salchichas e incluso el chile desde un asador especializado.

Al finalizar abrieron una botella de coñac francés y se sentaron en el borde de la piscina con el fin de fumarse cuatro gruesos habanos.

Chapoteando con los pies en el agua, cada uno con una copa en una mano y un cigarro en la otra, se les podría considerar un anuncio de los que consiguen que el telespectador no sepa qué demonios intentan venderle, pero se sentían plenamente felices por el simple hecho de contravenir las normas establecidas.

Carne casi cruda, chorizos con mucho ajo, chile picante, vino añejo, coñac y gruesos habanos era cuanto no recomendaban los doctores —ni a un enfermo ni a nadie—, pero aquella noche se les antojó una buena idea romper todas las reglas, y las buenas ideas había que llevarlas a la práctica aunque tan solo fuera para demostrar que no eran tan buenas.

La madre fue la primera en darse por vencida y alejarse tambaleando rumbo a la cama.

No tardó en seguirle su marido, que empujaba la silla de su hijo, por lo que Caribel se quedó a solas, aunque en esta ocasión satisfecha por haber sido capaz de soportar una vez más la prueba del alcohol.

Largos años de experiencia le habían enseñado que nada existía más desagradable y peligroso que una «señorita de compañía» borracha, ya que además de balbuceante y maloliente se volvía vulnerable.

Se había hecho necesario aprender a beber, ayudándose con una cucharada de aceite de oliva que tenía la virtud de protegerle las paredes del estómago, pues resultaba mucho más sencillo llevar a un cliente borracho a su hotel que permitir que ese mismo cliente la llevara a su hotel, se acostara con ella y además no le pagara.

Más de uno se había despertado con dolor de cabeza y comprobando que se había gastado mucho dinero, pero no había obtenido nada cambio.

A veces tenía buenas razones para beber pero procuraba no hacerlo cuando no tenía buenas razones.

Aquella noche había hecho una excepción puesto que el único peligro que corría era no ser capaz de recorrer la corta distancia que separaban ambas piscinas.

O no acertar a la hora de meter la llave en la cerradura.

Consiguió ambas cosas y durmió a destajo hasta que le telefoneó la gobernanta con el fin de comunicarle que la avería era más seria de lo previsto, por lo que El Convento seguiría cerrado hasta que las cañerías afectadas fueran sustituidas.

—¿Cuánto tiempo? —quiso saber.

—Los fontaneros nos han asegurado que si todo va bien podríamos abrir el día doce. ¡Por cierto...! Ha llamado don Arturo. Quiere que aprovechando este parón obligatorio le acompañes en un «viaje de negocios».

—¿Adónde?

—No me lo dijo. ¿Le doy tu teléfono?

Meditó unos instantes; le constaba que don Arturo Fizcarrald era un hombre discreto y sumamente generoso, pero aun así prefirió mantenerse fiel a su costumbre de no facilitar su número privado a los clientes porque sabía que cuando el número de las profesionales de su «estatus» comenzaba a circular, el teléfono no paraba de sonar pero muy pronto ese «estatus» descendía, ya que los muy ricos solo pagaban mucho por lo que creían que estaba al alcance de muy pocos.

—No —señaló al fin—. Negócialo tú.

—¿Sobre cuánto...?

—Es un hombre muy educado y le debo un favor, o sea que bájaselo a diez mil diarios.

—¡De acuerdo! Te llamaré.

Colgó y continuó acostada, le gustaba contemplar el techo de su dormitorio ya que ello significaba que no estaba compartiendo la cama y a su lado no había nadie que se sintiera con derecho a acariciarla, besuquearla, contarle su vida o prometerle que en los próximos minutos la conduciría a un fabuloso paraíso en el que nunca había estado.

Ciertamente tal paraíso no debía de existir, puesto que docenas de hombres se lo habían prometido pero ninguno había conseguido que lo entreviera. Todos habían acabado perdiéndose en una espesa jungla de fatigas, jadeos y suspiros, dejando siempre atrás a su compañera de viaje.

—La diferencia entre un sherpa y un alpinista es que el alpinista corre con los gastos y al sherpa le importa un bledo coronar la cima. A nosotras nos ocurre lo mismo.

Palabras de Lady Ámbar; palabras sabias.

Aspiró el aroma de unas sábanas que ella misma lavaba, que únicamente tenían su olor, que jamás habían recibido una mancha de semen y que nunca nadie había apartado con la intención de contemplarla a gusto.

En El Convento se dejaba mirar porque quien pagaba tenía derecho a mirar y tenía derecho a recordar lo que había visto sin que ni siquiera la Agencia Tributaria, que cobraba por todo, fuera capaz de cobrar por los recuerdos.

Y quien recordara lo que había visto solía convertirse en cliente asiduo.

Desayunó mientras escuchaba las antinoticias, puesto que la mayoría de las emisoras únicamente hablaban de política y no le cupo ya la menor duda; la Pequeña Ibis no solo había pasado a mejor vida, también había pasado al más absoluto anonimato.

Se tomó tiempo para pensar sobre ello y sobre la conveniencia de olvidar lo ocurrido, admitiendo que cuando los tarados se volvían violentos lo mismo daba que hubieran pagado cuatro mil euros que veinte.

Aquellos que no conseguían una erección digna de ser tenida en cuenta descargaban su frustración sobre su pareja, aunque esta hubiera hecho cuanto estaba en su mano por conseguir satisfacerles.

Aunque aquel no era tan solo un «gaje de su oficio»; era un gaje del oficio de ser mujer.

La italiana Angélica había acabado en El Convento cansada de la brutalidad de un maltratador que a pesar de tener una esposa bellísima y encantadora no dudaba en apalearla cuando no conseguía que se le levantara ni atiborrándose de viagra.

Ahora Angélica era, y con razón, una de las pupilas más solicitadas del lupanar y podía permitirse lujos que no se había permitido en seis años de matrimonio.

Tal como afirmaba Lady Ámbar:

—Los caminos del Señor son inescrutables.

A Caribel nadie le había puesto nunca la mano encima más que para acariciarla, porque bastaba con mirarla para entender que quien osara hacerle daño se la estaba jugando.

En su profesión resultaba poco habitual ser respetada, pero lo había conseguido gracias a un drástico sistema: a quien se propasaba lo echaba de una cama en la que no volvía a entrar nunca, y cuantos la conocían sabían que resultaba mucho más gratificante compartir su cama que propasarse.

Un par de años atrás el cabecilla de una conocida banda de proxenetas, al que apodaban con justicia Caraplana porque en el momento de nacer se le había escurrido a la comadrona, se había estrellado contra el suelo y la nariz se le había metido en dirección contraria, la abordó en la calle con el fin de advertirle con muy malos modos que le convenía tenerle como «protector» si quería evitarse disgustos.

Le respondió que no le parecía mala idea y que se lo pensaría.

A las dos semanas su peligrosa banda de matones había sido desmantelada por una pandilla de motorizados de los que no creían en Dios ni en el demonio, por lo que el Caraplana se vio obligado a abandonar el país antes de que le colocaran la dentadura en la misma dirección que la nariz.

Gajes del oficio.

Como solía decir don Arturo, que era quien le había proporcionado el número de teléfono de la persona que le libraría del molesto proxeneta: «Lo que me gusta de ti es tu independencia, tu sencillez y que te mereces cada euro que ganas. Tengo una hija fea, guarra, ignorante y antipática que jamás ha hecho nada útil pero se comporta como si fuera la reina de Saba, mientras que tú eres hermosa, culta, limpia, simpática e inteligente, pero cuando quieres te comportas como una esclava.»

—Pero solo cuando quiero... —puntualizó ella quisquillosa—. Y solo cuando sé con quién estoy jugando a ser esclava. —Le amenazó con el dedo al añadir—: Y te tengo dicho que no hables así de tu hija; no es ni justo, ni adecuado.

—Puede que no sea adecuado, pero es justo.

Ante semejante respuesta Caribel no podía por menos que preguntarse qué sentiría una persona que por mucho que lo intentara —y don Arturo juraba y perjuraba que lo intentaba— no se sentía capaz de experimentar el más mínimo afecto por su propia hija.

Debía de ser muy triste y quizás el problema estribaba en que, al haber alimentado demasiadas expectativas sin obtener resultados satisfactorios, los sentimientos rebotaban convirtiendo lo que debía ser amor y admiración, en odio y desprecio.

A veces, inmersa en el gratificante placer de la bañera, comparaba la forma de comportarse de los padres de Jonathan, que se desvivían por el muchacho, con la de don Arturo, que renegaba de Sue.

Incontables rumores y referencias digna de crédito aseguraban que don Arturo Fizcarrald era el «mediador» internacional que mejor sabía cuánto y cómo había que ofrecerle a cada político o a cada funcionario de cada país de cada continente, y que pese a disfrutar de una más que envidiable influencia en decenas de gobiernos no se le conocían amigos aunque tampoco se le conocían enemigos.

Y es que al parecer tenía una especial habilidad para conseguir que los corruptos ganaran mucho dinero sin causar perjuicio más que a las clases medias y bajas siendo fiel a la vieja y cínica teoría del cardenal Mazzarino:

«Las clases medias y bajas soportan infinitos sacrificios pero cuando se cansan suelen ajusticiar a los corrompidos olvidándose de cortarles la cabeza a los corruptores.»

La razón era muy lógica; de los corrompidos no se podía esperar nada, pero de los corruptores siempre se podía esperar que intentaran corromperles.

Don Arturo Fizcarrald, admirado «Maestro Corruptor», nunca había amado a nadie pero experimentaba una especial debilidad por la más cotizada pupila de El Convento, no solo por el hecho de ser increíblemente atractiva, sino porque podía hablar con ella de todo aquello de lo que no merecía la pena hablar en casa.

Sabía mejor que nadie que era una mujer que salía muy cara, pero una tarde se había entretenido en calcular las horas de satisfacción que le proporcionaba en comparación con las que le proporcionaba su esposa y se vio obligado a admitir que resultaba infinitamente más rentable.

Y no rentable en cuanto se refería al tema sexual, que eso había pasado a un segundo plano, sino al simple hecho de sentirse a gusto.

Para acabar de inclinar la balanza a su favor, la bella prostituta no aspiraba a codearse con la alta sociedad, ni se comportaba como una chirriante cacatúa a la que alguna bruja malvada le había regalado un espejo mágico que en lugar de devolver la imagen de una gallina desplumada, le mostraba la de un maravilloso pavo real.

Tres costosas operaciones de cirugía estética, incluido un brutal aumento de pechos, no habían conseguido mejorarla debido a que en el presupuesto no estaba incluido un necesario aumento de la masa cerebral.

Cuando pocos días antes su esposa le había preguntado qué ocurriría a partir del día en que «nuestra querida niña» contrajera matrimonio y se quedaran solos, tuvo que morderse la lengua con el fin de no responder con el corazón en la mano:

—Que continuaré escuchando las mismas sandeces, pero por lo menos no será a dúo.

Aunque estaba convencido de que sería aún peor, puesto que al convertirse en su único interlocutor, Bárbara le atosigaría sin permitirle un minuto de descanso.

Su única esperanza se centraba en que al salir de compras sin la compañía de su hija tuviera la oportunidad de encontrar un buen amante.

Incluso había empezado a sopesar la posibilidad de allanarle el camino a base de requerir los servicios de un gigoló brasileño al que habían descrito como un profesional eficaz, discreto y especializado en conseguir que las esposas infieles se sintieran culpables, lo cual las volvía vulnerables y por lo tanto poco agresivas.

Moses Cohen, al que un divorcio podría costarle casi mil millones, había recurrido tiempo atrás al irresistible brasileño con el fin de que sedujera a su esposa, con lo que, amén de conseguir una envidiable paz hogareña, había alejado el fantasma del divorcio, dado que ahora contaba con pruebas gráficas de innumerables infidelidades.

Aunque en realidad sí eran numerables ya que habían sido contabilizadas; habían tenido lugar cada lunes y viernes de los últimos dieciocho meses.

Moses Cohen aceptaba los cuernos porque le ahorraban dinero, pero a Arturo Fizcarrald lo que le importaba no era el dinero; era el silencio.

El único problema estribaba en que si Raquel y Bárbara compartían el mismo amante se establecería algún tipo de vínculo con Moses, lo cual se le antojaba poco ético ya que solían jugar al póquer los fines de semana.

V

Más que un salón parecía un museo debido a que las paredes habían sido recubiertas con estanterías en las que proliferaban copas, medallas, camisetas, banderines, placas y balones, uno de ellos de oro.

Y fotos, fotos, fotos... centenares de fotos que dejaban constancia de las incontables hazañas de quien se encontraba sentado en un sillón de cuero blanco, observando uno por uno los trofeos como si estuviera intentando evocar los méritos por los que se los habían concedido.

Al poco golpearon la puerta, se abrió al instante y penetró un hombre malencarado y recio que fue a detenerse a un par de metros de distancia.

—¡Buenos días! —saludó secamente.

—No creo que tengan nada de buenos —respondió el dueño de la casa sin volverse a mirarle—. Y mucho ha tardado.

—Ciertos trámites llevan tiempo, sobre todo cuando se trata de temas tan delicados; un mínimo error acaba por convertirse en un gran problema... —Indicó con un ademán el sillón que se encontraba al otro lado de la mesa al inquirir—: ¿Te importa que me siente?

Ante el mudo gesto de resignación se acomodó mientras lanzaba una especie de bufido que lo mismo podía ser de asco como de hastío.

—¡Vaya, vaya, vaya...! —masculló displicente—. He aquí al hombre del balón de oro y las pelotas de plomo.

—¿A qué viene ese lenguaje? —protestó el otro.

—A que utilizo el lenguaje que me apetece y tendrás que empezar a acostumbrarte... —Mijail Yukov movió arriba y abajo las manos en un ademán muy napolitano, pese a que hubiera nacido a miles de kilómetros de Italia, al inquirir—: ¿Cómo pudiste perder los estribos hasta ese punto? —Al no obtener respuesta, y podría decirse que en realidad no la esperaba, añadió—: ¿Acaso creías que su cabeza era un balón y tenías que marcar el último penalti del mundial...?

—¡Por favor...!

—Por favor debió de suplicarte para que no la trataras así, pero pateaste tan fuerte que la mandaste a la grada.

—¡Por favor...! —se limitó a repetir quien parecía

incapaz de poner en orden sus ideas, pero el que le acosaba se mostró implacable al añadir:

—Imagino que si lo tienes todo a favor y no eres capaz de meterla quedas en ridículo, bien sea ante miles de espectadores o ante una golfilla que se descojonaría de risa... —El hombre cambió a un tono monocorde como si tan solo fuera un simple observador sin la menor involucración en el problema—. Entiendo que la frustración al fallar un gol cantado provoque que la emprendas a patadas con los postes de las porterías o los carteles publicitarios, pero no con una pobre chica que lo único que pretende es conseguir que se te ponga dura. —Hizo una pausa con el fin de puntualizar—: Lo de los postes y los carteles sueles hacerlo a menudo...

—¡Ya está bien! —protestó el dueño de la colección de fotos y trofeos—. Admito que tiene derecho a interrogarme, pero no sé a qué viene esa forma de comportarse; no es propia de un policía.

—La respuesta es simple; no soy policía.

El desconcierto de alguien a quien no se le podía negar un fabuloso talento como futbolista, pero nunca había destacado en ninguna actividad que exigiese algún tipo de esfuerzo mental, fue tan manifiesto que se limitó a observar casi boquiabierto al intruso para acabar por repetir:

—¿No es policía? —Ante la silenciosa negativa añadió—: ¿Entonces a qué viene todo esto?

—A que a partir de hoy me ocuparé de tus negocios.

—Ya tengo un agente.

—Tendrás que despedirlo.

—No es posible; llevo con él toda la vida.

—¿Y de qué te serviría si cuando salieras de la cárcel no podrías darle patadas ni a una lata? —fue la intencionada pregunta—. ¡Escúchame bien, Roman, porque veo que corres mucho en el campo pero eres lento en el resto! Sé que decidiste tirarte a la putita pelirroja, que entraste por el garaje reservado a los «famosos», que subiste por el ascensor privado porque no querías que te vieran borracho, y que utilizaste la cabeza de la chica para entrenarte... ¿Acaso crees que puedes salir bien librado sin tan siquiera cambiar de agente?

—Nunca he creído que fuera a salir bien librado —fue la sincera respuesta—. En seguida comprendí que había hecho una barbaridad.

—¿Y por qué no llamaste a la policía?

—Porque lo único que quería era volver, contemplar todo esto, e imaginar cuánto más habría podido conseguir de no ser por la maldita ginebra.

Por primera vez el agresivo Mijail Yukov cambió el tono al inquirir con innegable curiosidad:

—¿Crees que si no hubieras bebido no lo habrías hecho? —Como la respuesta fue una imprecisa inclinación de hombros añadió—: Curioso eso de las adicciones; te has pasado la vida corriendo, sudando y luchando para llegar al lugar con que soñamos todos, y cuando lo has alcanzado basta una copa para lanzarte al abismo...

—A veces no puedo evitarlo.

—¡Qué fuerte! —El implacable intruso agitó la cabeza como si le costara trabajo aceptar la realidad—. Recuerdo los casos de Paul Gascoigne, George Best e incluso el de aquel increíble correcaminos brasileño, Garrincha, pero siempre me costó entenderlos.

—¿Se va a pasar la vida hablando? —fue la tímida protesta de su víctima—. ¿Por qué no nos vamos?

—¿Adónde?

—¿Y yo qué sé...? Supongo que a la cárcel.

—¿Y qué vales tú en la cárcel? —Ahora el tono era casi desafiante—: ¿Quién va a pagar para que te sientes a contemplar un muro de cemento?

—Supongo que nadie.

—Tú lo has dicho; nadie pagará mientras un montón de jodidos picapleitos te despluman prometiéndote rebajas de condena. No obstante, si contratas como representante a quien yo te diga...

El derrotado futbolista, que parecía a punto de echarse a llorar, le interrumpió con el fin de inquirir:

—¿Y qué pasará con el cadáver?

—¿Qué cadáver?

—El de Ibis.

—¿Quién es Ibis?

—La chica.

—¿Qué chica?

—La que he matado.

—Mi admirado pero menguado muchachito...
—fue la burlona respuesta—. En ningún lugar se ha
encontrado un solo documento que certifique que
exista o ha existido una chica con un nombre tan exó-
tico, y en ningún lugar se ha encontrado el cadáver de
una furcia pelirroja.

—No es posible...

—Cuando se genera mucho dinero todo es posible y tú generas mucho dinero dando otra clase de patadas. Si ahora fueras a la policía y le contaras que has
matado a una prostituta te detendrían por borracho o
por loco, pero no por asesino puesto que no hay ni
testigos ni cadáver... —Señaló con un gesto de la cabeza la vitrina al tiempo que concluía—: Pero si haces
lo que te diga puede que llegues a ganar hasta tres balones de oro.

La corta capacidad mental del coleccionista de trofeos no era tan limitada como para no comprender que
estaban intentando hacerle chantaje, e incluso alcanzaba a entender que no es que estuvieran intentando
hacérselo; es que le chantajeaban de la forma más descarada imaginable.

—Si le nombro mi otro agente me dejaría en la ruina —dijo al fin.

—Más vale gloria y ruina en libertad que odio y dinero entre rejas. ¿Tienes idea de lo que le harían en la cárcel a un guaperas tan famoso como tú?

El inmenso aparato sobrevoló Isla Contadora, que debía su nombre a que en ella se reunían siglos atrás los piratas con el fin de repartirse el botín, y al poco aterrizó en Tocumén, donde le aguardaba una limusina que la trasladó al puerto para que embarcara en el *Sanscrito*, que con sus cuarenta y cinco metros de eslora y sus tres cubiertas era en aquellos momentos el yate más espectacular de la bahía.

La recibió el capitán Van Halen, quien le comunicó que don Arturo se encontraba en la ciudad pero que regresaría a la hora de la cena, por lo que aprovechó para darse un baño en la piscina y tumbarse a admirar el puente de Las Américas, que se alzaba justo sobre su cabeza.

Comprendió que el resto de los ocupantes de la nave no se dedicaban a admirar un puente que ya debían de tener muy visto, sino a ella, al igual que lo hacían con ayuda de prismáticos los tripulantes de los barcos vecinos.

No le molestó ya que tenían derecho a mirar puesto que en cierto modo le pagaban por permitir que la miraran y a don Arturo no le importaba.

—Deja que disfruten —solía decir—. No hacen daño a nadie.

Se remontó a los tiempos en los que permitía que todos la miraran, e incluso le dirigieran la palabra sin recibir nada a cambio, cómo le molestaba tener que inventar excusas a la hora de alejar moscones que la acosaban día y noche y cómo todo fue mucho más cómodo desde que se limitó a responder:

—Si quieres seguir hablando te costará cuatro mil euros.

Resultaba un argumento disuasorio, y cuando no resultaba disuasorio resultaba productivo.

Tal como aseguraba Lady Ámbar:

—La verdad nos hace libres... Y más ricas.

Admitía que la mayoría de la gente considerara que se trataba de una actitud descarada e inmoral, por lo que se limitaba a reconocer que la suya era una profesión descarada a inmoral, pero que sería aún peor si se le añadiera la hipocresía.

Y ahora, en aquellos mismos momentos, se encontraba en el corazón de una de las capitales mundiales de la hipocresía y la inmoralidad.

Podía distinguir un bosque de torres de acero y cristal que reflejaban como miles de espejos los rayos del sol que comenzaba a inclinarse sobre el Pacífico, pomposos edificios en los que se ocultaban los secretos de millones de facinerosos que renegaban de las prostitutas que tan solo vendían su cuerpo pese a que la mayoría de ellos vendían sus almas.

Los sucios y greñudos piratas de pata de palo y parche en el ojo que se repartían en Isla Contadora el oro y la plata previamente arrebatados a los aztecas o los incas habían sido sustituidos por engominados abogados y banqueros vestidos de Armani que se repartían no solo oro y plata, sino cuanto se pudiera arrebatar a cualquier ser humano en cualquier remoto lugar del planeta porque aquellos altivos rascacielos parecían actuar a modo de aguzadas antenas capaces de captar el sonido de una moneda al caer incluso sobre las arenas del desierto.

Se dio un nuevo chapuzón, echó de menos a Jonathan, aunque lo más probable era que no pudiera evitar orinarse en la piscina, volvió a tumbarse en la hamaca, observó cómo el sol se convertía en media naranja, lanzando un último rayo de despedida con el que parecía prometer volver con más vigor al día siguiente, y se preguntó qué demonios hacía en Panamá.

Tal vez don Arturo se lo aclarase pese a que no pensaba preguntárselo, debido a que una de las primeras obligaciones de una «perfecta señorita de compañía» era no abrir la boca más que por exigencias del oficio o porque le pidieran responder a algo muy concreto.

Y además sabía perfectamente qué demonios hacía en Panamá; se encontraba allí porque le pagaban diez mil euros diarios libres de impuestos y esa era una razón harto convincente.

Don Arturo daba poco trabajo en la cama, solía contar cosas interesantes siempre que no se refiriesen a su mujer o su hija y siendo como era «un hombre de mundo», por no decir un auténtico desaprensivo, tal vez podría aconsejarle, ya que no estaba dispuesta a permitir que la Pequeña Ibis hubiera desaparecido sin dejar rastro y un cerdo asesino quedara sin castigo.

No necesitaba entender mucho de leyes para aceptar que sin la existencia de un cadáver nadie podía ser acusado de homicidio, y menos aún de asesinato, y ella, que había visto hasta qué punto se habían ensañado con la frágil pelirroja, sabía muy bien que aquello no había sido un homicidio; había sido una salvajada.

Le vino a la mente una curiosa frase de un libro que analizaba la explotación colonial de África durante los siglos XVIII y XIX:

«Se puede matar negros porque hay muchos, nadie sabe quiénes son y a casi nadie le importan, pero no se puede matar blancos porque están contados.»

Aquellos tiempos habían pasado —o casi—, pero al parecer lo que ahora se podía matar eran prostitutas porque no estaban contadas y probablemente a casi nadie le importaban.

Aunque a ella sí.

Y ella era Carina —«Carabella» o «Caribel», como solía llamarla cariñosamente su abuela— y no era una puta cualquiera; era una puta privilegiada que debía intentar hacer algo a favor de las más desfavorecidas.

Llegó la noche y con ella una brisa agradable, por lo que al regresar de la sofocante ciudad, don Arturo decidió que cenarían al aire libre en compañía del capitán, un holandés que llevaba casi treinta años viviendo en Panamá y por lo tanto podía contarles cuanto quisieran saber sobre el país.

Según Robin van Halen, la historia de Panamá no era en realidad más que la historia de la distancia más corta entre dos océanos, bien fuera a pie, en mula, en tren, coche, o barco, y se podría asegurar que el resto del país no existía, ni había existido nunca.

Y es que, a su modo de entender, Panamá, como nación, era el invento de unos inescrupulosos yanquis que solucionaron las disputas sobre el futuro canal que debía atravesar la más alejada de las provincias colombianas, por el brutal pero eficaz procedimiento de independizarla con la inestimable ayuda de su disuasoria flota de guerra.

—Panamá nació de especulaciones económicas y no del espíritu de sus gentes —añadió el veterano marino mientras disfrutaba de una magnífica cena puesto que en su yate tan solo se consumía lo más selecto—.

Los escasos habitantes del departamento panameño casi no se enteraron de que se habían convertido en nación independiente, a tal extremo que tuvo que ser un francés que ni siquiera hablaba español, Philippe Bunau-Varilla, quien firmara un tratado que concedía a los americanos derechos por toda la eternidad sobre el canal.

—¿Por toda la eternidad...? —se sorprendió Caribel—. Que yo sepa los americanos se fueron hace años.

—Porque el general Torrijos les obligó a marcharse amenazando con dinamitar las esclusas, con lo cual inutilizaría el canal. A la vista de ello el presidente Carter se vio obligado a aceptar el famoso Tratado Torrijos-Carter del año setenta y siete. —El holandés, que era a la vez copropietario del espléndido barco que tan solo se alquilaba a gente verdaderamente espléndida, sonrió maliciosamente al añadir—: A Carter le costó la presidencia y a Torrijos, la vida, porque quienes se sintieron perjudicados no tardaron en hacer estallar el helicóptero en el que viajaba.

—La venganza suele ser una estupidez —sentenció don Arturo Fizcarrald al tiempo que alzaba su copa como un mudo brindis a su aseveración—. Y en este caso, cuando se ha firmado un tratado y las cosas ya no tienen remedio, una auténtica insensatez.

—No se trató de una venganza... —fue la inmediata respuesta del capitán—. Parece ser que los accionistas querían evitar que Torrijos negociara con otros países la construcción de un nuevo canal sin esclusas que sustituiría al actual.

—¿Un canal sin esclusas por Panamá? ¿Es posible?

—No, a mi modo de ver, porque tendría que abrirse por el Darién, una selva pantanosa que se lo traga todo. La carretera Panamericana cuenta con casi cincuenta mil kilómetros, desde Canadá a Argentina, pero nunca ha conseguido atravesar «El Tapón del Darién» que no supera los doscientos kilómetros. La primera vez que lo recorrieron en coche tardaron cinco meses.

—¿Cinco meses en recorrer doscientos kilómetros? —se sorprendió Caribel—. ¡Qué barbaridad!

—Y le aseguro que llegaron de milagro, aunque creo que ahora puede hacerse en una semana.

El tema parecía interesar de forma muy especial a don Arturo Fizcarrald, por lo que tras permanecer unos instantes en silencio inquirió:

—¿Conoce el Darién?

—Estuve una vez... —El holandés alzó la mano en ademán de juramento—. Fui en helicóptero, pasé allí dos días y por mi madre que no volvería ni amarrado. Solo hay arañas, sanguijuelas, caimanes, jaguares, serpientes y nubes de mosquitos que al atardecer ocultan el sol.

—Mala compañía es esa...

—La peor. Prefiero un huracán en mar abierto. En el resto del mundo el agua es agua y la tierra es tierra, pero en el Darién son casi lo mismo o están tan mezcladas que resulta imposible determinar dónde empieza una y acaba la otra.

—Muy interesante...

—¿Interesante...? Perdone que le contradiga pero es un infierno de fango en el que en cuanto te descuidas estás hundido hasta el pecho. Un marino siempre tiene presente que puede acabar ahogándose, pero no en ese asqueroso lodo maloliente.

Don Arturo, que en ocasiones se quedaba con los ojos fijos en el rostro de Caribel, como si, pese al tiempo que hacía que la conocía aún le sorprendiera la perfección de sus facciones, le echó limón a una ostra que paladeó con delectación, para acabar por musitar como si estuviera hablando para sus adentros:

—Lo interesante estriba en que se llega siempre a la misma conclusión; pese a que han invertido cinco mil millones en renovarlo, el canal continúa siendo lento, complejo y farragoso... —Introdujo la lengua en el hueco de la muela y permitió que permaneciera allí un largo rato hasta que señaló—: Aun así Panamá no puede abrir uno que no necesite esclusas porque se lo tragarían los pantanos del Darién... —Se volvió a la hermosa mujer que tenía a su lado con el fin de inquirir—: ¿Tú qué opinas, querida...?

—Que algo maquinas porque de lo contrario no estaríamos aquí.

—A menudo me ofende que seas tan guapa y tan inteligente teniendo como tengo una hija tan fea y tan tonta.

—¿Preferirías que tu hija fuera lo que soy?

—¡Naturalmente!

—Si mi padre hubiera dicho algo así le habría castrado.

—Y hubieras hecho bien.

Al pobre capitán del *Sanscrito* se le advertía desconcertado e incómodo pues pese a estar acostumbrado a tener a bordo a millonarios excéntricos rodeados de deslumbrantes señoritas, aquella pareja tenía la poco deseable virtud de confundirle.

Baqueteado en lides semejantes, creía haberlo visto todo, desde desmadradas orgías de alcohol y drogas a imprevisibles ataques de histeria, y conociendo como conocía la fama de su cliente, le sorprendía que le permitiera hablarle como lo hacía alguien que sin duda le estaba costando un dineral.

—No es que sea masoquista... —comentó de improviso su cliente como si le hubiera leído el pensamiento—. Es que cuando vives rodeado de mentiras aprecias la sinceridad aunque tengas que pagar por ella.

VI

Acomodados en el puente de mando recorrieron los ochenta kilómetros que separaban los dos océanos, siguiendo una ruta paralela a la que, según contaban, llevó a Vasco Núñez de Balboa a descubrir el mar del Sur.

Fue más tarde ruta de los conquistadores de Perú, que pasaron por allí en busca de gloria, y por allí regresaron en forma de largas recuas de mulas cargadas de oro, plata y piedras preciosas, convirtiendo la región en la que más riquezas viera ir y venir en la historia de la humanidad.

Llegaron luego los buscadores de oro de California, antes de que naciera, por último, la fiebre canalera, cuyo precedente más inmediato había sido el tristemente famoso Tren de Panamá.

La construcción del demoníaco ferrocarril había costado tantos miles de muertos —dos por traviesa— que, desesperados por las incontables penalidades los «coolies» chinos se enterraban en la playa a la espera de que la marea subiese y los ahogase.

Era aquel un corto viaje en el que recorrían la geografía de la historia, trepando y bajando colinas selváticas que engulleron a miles de hombres, junto a pueblos asentados sobre lo que antaño fueron caseríos de indios bravos, cazadores de blancos.

Mientras atravesaban el lago Gatún, don Arturo estudió con especial detenimiento el mapa para acabar por inquirir:

—¿Cuánta agua contiene?

—Nadie lo sabe exactamente... —admitió el capitán Van Halen—. Son casi ciento sesenta millas cuadradas con una profundidad media que oscila entre los veinte y los treinta metros, según la época del año. Cuando se llena a tope se convierte en el mayor lago artificial del mundo.

—¿Y cuánta agua pierden las esclusas por cada barco que atraviesa el canal?

—Doscientos cincuenta millones de litros por término medio.

—¿Cuánto...? —inquirió Caribel, puesto que si el holandés había querido asombrarle lo había conseguido.

—Doscientos cincuenta millones de litros —repitió el otro seguro de sí mismo—. Lo que consume diariamente una ciudad de cuatrocientos mil habitantes.

—No hay lago en el mundo capaz de soportar un gasto semejante. Se secaría en un mes.

—No se seca porque se encuentra en una de las zonas más pluviosas del mundo —fue la explicación—. Aquí llueve a cántaros durante más de medio año y en diciembre, cuando llega la temporada seca, el nivel del lago debe estar a tope ya que si se vaciara no podrían cruzar los barcos. —El holandés hizo una pausa antes de concluir como si se tratara de un razonamiento inapelable—. Ese es el segundo gran problema del canal; dos años de sequía lo dejarían inservible.

—¿Y cuál es el primero?

—Que el lago está pensado para que hasta la última gota pueda aprovecharse, por lo que si por culpa de un error o un atentado dos de las compuertas de las esclusas quedaran abiertas al mismo tiempo el agua iría a parar al mar, arrasando cuanto encontrara a su paso. Dependiendo de si cayera hacia el este o hacia el oeste no quedaría ni rastro de Colón o de Panamá.

—Pero imagino que el dineral que se han gastado en modernizar las esclusas servirá de algo... —intervino de nuevo don Arturo Fizcarrald—. ¡Digo yo!

—Pan para hoy y hambre para mañana; no es más que un remiendo en un traje que se ha quedado pequeño porque el canal se concluyó hace más de un siglo y esos arreglos han sido como regalarle un bastón a un viejo que nunca podrá caminar al ritmo de los tiempos.

Esa noche, navegando ya por el Caribe y disfrutando de una preciosa luna llena que parecía querer contribuir a proporcionar romanticismo a la escena pese a que resultaría difícil encontrar dos seres menos románticos que quienes se acomodaban en las hamacas, Caribel comentó como si el tema careciera de importancia:

—Me invitaste a un viaje de negocios, pero no podía imaginar que se tratara de un negocio tan portentoso.

—¿De qué demonios hablas?

—Del canal, porque como diría Lady Ámbar: «Lo primero que debemos aprender las de nuestro oficio es a adivinar lo que piensa el cliente.»

—Empiezo a estar hasta los cojones de Lady Ámbar. Y no te pases...

—No me paso, pero si se trata de lo que imagino me encantaría participar.

Don Arturo se sirvió una copa antes de comentar:

—Me sorprende que alguien tan pragmática como tú pueda tener una imaginación tan desbordante —la hizo notar al tiempo que indicaba la piscina—: ¿Por qué no te bañas desnuda? Me gusta verte.

Ella obedeció, dejó caer el pareo y se introdujo en el agua al tiempo que respondía:

—Lo hago porque pagas, pero no conseguirás que me calle porque si aseguras que mi imaginación se ha desbordado es porque estás aceptando que el tema es tan importante como imagino.

—Está visto que, por feas o por guapas, por gordas o por flacas, por listas o por tontas, las mujeres siempre acaban convirtiéndose en mi mayor problema. ¿Por qué no puedo encontrar una normal?

—Porque eres anormal.

—A la vista de lo visto, y costando lo que me cuestas, debo serlo...

El hombre, que no sentía aprecio más que por la prostituta que se lucía ahora a la luz de la luna como si fuera la reina de las ninfas —si es que entre las ninfas había prostitutas, cosa que la mitología no dejaba muy claro—, resopló intentando demostrar su desagrado, a punto estuvo de lanzar una palabrota pero súbitamente cambió de opinión para acabar por inquirir, aunque no venía a cuento:

—¿Nunca has estado enamorada?

—Nunca.

—¿Ni te has sentido atraída por un hombre?

—Por ninguno.

—¿Ni por ninguna mujer?

—Tampoco. El día que cumplía quince años una chica me tocó las tetas y le rompí los huevos.

—¿Qué huevos si era una chica...?

—Los que llevaba en una cesta. Se los estampé en la cara. —Sonrió a sus recuerdos al añadir—: Se quedó allí plantada, chorreando clara y yema y sin ver nada. Mi madre se enfadó pero acabó por comprarme un helado admitiendo que las chicas pueden ser mucho más peligrosas que los chicos pese a que no te dejen embarazada.

—¡La verdad es que eres un bicho raro!

—No tengo nada de raro por no haber perdido la cabeza por nadie, hombre o mujer, blanco o negro, pobre o rico.

—¿Acaso eres frígida?

—El no perder la cabeza por alguien no significa ser frígida.

—¿Pero has experimentado algún orgasmo alguna vez?

—Te recuerdo que me pagas por lo que está a la vista, no por lo que llevo dentro. Mis sentimientos son míos y nunca tendrías dinero suficiente para comprarlos.

—Tan solo intentaba ser amable.

—Cuando la amabilidad traspasa ciertos límites se convierte en curiosidad morbosa.

—No creo que se pueda considerar curiosidad morbosa querer saber algo más sobre las personas a las que aprecias.

—Tal vez no... —fue la áspera respuesta—. Pero tal vez puede llegar a ser doloroso. Recuerdo que hace años me encontré con una amiga de la infancia empujando un cochecito de esos hechos para llevar gemelos, pero en el que tan solo iba un bebé, lo cual me sorprendió. No le apetecía hablar del tema, pero como insistí me contó que se había casado, había tenido mellizos y al poco su marido la había abandonado. Uno de sus pequeños murió porque no pudo pagarle el tratamiento y como no tenía dinero para comprar otro cochecito, seguía con el mismo.

—Qué historia tan amarga.

—¡Y que lo digas! Ver a aquella pobre chica a la que apreciaba empujando un cochecito doble con un solo niño, era como verla cortada por la mitad. Le regalé uno nuevo, pero ese día aprendí a no preguntar demasiado, y sobre todo aprendí a tener para un cochecito antes de quedarme embarazada.

—Comprensible. ¿Dónde está ahora? Podría ayudarla.

—Le conseguí un buen trabajo. Y no cambies de tema... ¿Te gusto como socia?

—Me gustas como todo, menos como socia —fue la sincera respuesta—. Y lo sé porque nunca he tenido socios.

—Pues si estás planeando construir un nuevo canal entre dos océanos vas a necesitarlos.

—¿De dónde has sacado semejante insensatez?

—Del hecho de que hemos puesto rumbo a Nicaragua.

—¿Y qué tiene de malo Nicaragua?

—Que yo sepa no tiene nada de malo pero es el único lugar en el que se quiere construir un canal que pueda hacerle la competencia al de Panamá.

—¿Acaso eres experta en canales? —fue la irónica pregunta.

—En cierto tipo de canales sí... —fue la desvergonzada respuesta—. Pero leo los periódicos y me limito a sacar conclusiones. Si alguien del que me consta que no da un palo al agua a no ser que esté seguro de atizarle a un mero, alquila un enorme yate para ver cómo funciona el canal de Panamá, y pone luego rumbo a Nicaragua, es que debe de haber mucho dinero en juego...

Su interlocutor pareció armarse de paciencia, le hizo un gesto con la mano indicándole que saliera del agua y acudiera a sentarse en sus rodillas, y mientras le acariciaba suavemente los goteantes y agresivos pezones musitó:

—Si fuera como dices, querida, habría, en efecto, muchísimo dinero en juego, pero no es Nicaragua el tema que me interesa, porque para cuando se abriera un nuevo canal, mis nietos —si es que ese par de macacos comepulgas lograran reproducirse— ya tendrían barba, y yo jamás me planteo un negocio a tan largo plazo.

—¿De qué se trata entonces?

—Averígualo tú, ya que eres tan lista... —Don Arturo Fizcarrald sonrió malignamente, se relamió como el zorro dispuesto a zamparse a una gallina y al poco inquirió como si fuera el retorcido personaje de una película de dibujos animados.

—¿Te gusta apostar...?

—Depende de la apuesta.

—Una muy simple; si averiguas qué es lo que me traigo entre manos te compraré ese Porsche descapotable rojo que tanto te gusta.

—¿Y si no lo averiguo?

—Me darás lo que nunca has querido darme.

—¡Eres un cerdo!

No conseguía recordar cuándo había comenzado pero hasta un cierto momento tan solo fue algo normal, que se hacía en compañía de amigos, que provocaba risas y animaba a cierto tipo de chicas que se volvían mucho más asequibles, por lo que admitía que en ocasiones un *gin-tonic* le había facilitado mucho las cosas a la hora de ligar.

Luego, a medida que fue llegando el éxito, ya no fueron las chicas, que le sobraban e incluso le acosaban, sino él mismo quien lo necesitaba para animarse, hasta que llegó el día en que comenzó a prescindir del «*tonic*».

Le bastaba con la ginebra.

Pero no le bastaba con «una» ginebra; tenía que seguir y seguir y seguir hasta perder el control y a menudo ni siquiera sabía quién era.

Rara vez conseguía recordar, pero lo que sí recordaba era que había tenido una tarde aciaga, por primera vez había escuchado pitos, y también por primera vez había contestado groseramente a un periodista.

Quizá fuera aquel el día en que empezó a beber a solas porque nunca había conseguido entender que en su ambiente las cosas estaban siempre sobredimensionadas, y una prensa que tendía al amarillismo a veces le alababa como a un dios coronado de laureles y otras le tachaba de baboso gusano que se había dejado comprar.

Y la suya no era una mente especialmente preparada a la hora de enfrentarse a semejantes cambios de criterio: nunca lo había estado, ni nunca lo estaría puesto que largas horas de sudar en un gimnasio o correr tras un balón no contribuían a desarrollar la inteligencia.

Ni tampoco el tiempo que pasaba jugando con el móvil o escuchando música a todo volumen.

Nada de ello alimentaba sus neuronas al tiempo que las adulaciones de cuantos medraban a su sombra contribuían a destruirlas.

Ser un ídolo no era empresa fácil ya que no existía una escuela que enseñara a serlo, y además él había pisado muy pocas escuelas.

Él pisaba el césped, vivía del césped, rumiaba el césped y su inmensa sabiduría acababa justo en la línea de cal que delimitaba el césped.

Un metro más allá se convertía en un niño secuestrado por cuantos sabían que no era más que una mina de oro con fecha de caducidad.

Parte del dinero del filón lo dedicaban a buscar nuevos ídolos que en un futuro no demasiado lejano vinieran a ocupar el altar del que él ya habría caído, porque los dioses del balón eran efímeros pero, con demasiada frecuencia, los únicos que tardaban en darse cuenta eran los propios dioses.

Un pequeño resbalón, un salto a destiempo o fallar un penalti hacía que las masas rugieran airadamente, con lo que la base del pedestal comenzaba a resquebrajarse.

A veces bastaba con simples gritos.

Pronto los gritos se entremezclaban con insultos porque quienes pagaban se sentían con derecho a insultar a quienes en el fondo odiaban porque en realidad envidiaban.

Todos querrían recibir los aplausos; todos querrían conducir un fastuoso deportivo, y todos querrían pasar los veranos en un portentoso yate rodeado de chicas cariñosas.

Lo único que había aprendido durante aquellos últimos años, y lo había aprendido no en las aulas sino sobre el mismo césped, era que nada existía tan inestable y volátil como una masa humana capaz de convertir a un héroe en villano en cuestión de minutos.

O viceversa.

Y él había pasado de héroe a villano en cuestión de minutos, pero no por culpa del brusco cambio de humor de cien mil espectadores, sino por el brusco cambio de humor que había experimentado al comprobar que en realidad no era tan varonil como suponía.

Una minúscula pelirroja, la única a la que le tenía sin cuidado que fuera el rey de los estadios, que le exigía pagar por adelantado y que admitía sin recato que jamás había visto un partido de fútbol ni pensaba verlo, se había convertido en su postrer refugio, porque era la única que conseguía excitarle sin necesidad de hacer un gesto o pronunciar una sola palabra.

Pero aquella noche...

Aquella noche le había fallado.

Ni siquiera las caricias de unas manos que semejaban colibríes aleteando entre sus muslos o una lengua que penetraba en cualquier hueco de su cuerpo, alargándose como una serpiente capaz de llegar hasta las mismísimas entrañas, habían conseguido superar los efectos del alcohol, por lo que de improviso le asaltó un acceso de furia y reaccionó como únicamente sabía hacerlo.

A patadas.

Y ahora estaba allí, contemplando sus trofeos y recordando las palabras de quien se había convertido en dueño de su futuro.

—Seguirás aquí y recibirás el diez por ciento de todos los contratos, pero no te dejaré beber —le había dicho Mijail Yukov—. Cuando te retires podrás emborracharte hasta morir.

VII

Atracaron en la desembocadura del San Juan, donde les esperaba un helicóptero que voló a poca altura siguiendo el sinuoso curso del río hasta el corazón del gigantesco lago Nicaragua, y de allí a Managua.

En el mismo aeropuerto hicieron transbordo a un jet privado que les condujo de regreso a casa.

Fue visto y no visto, por lo que ya a punto de llegar a su destino el comentario de Caribel fue ciertamente mordaz:

—Si lo calculo por kilómetros recorridos debo de estar cobrando tarifa de taxista...

—Por lo menos has respirado un poco el aire —le hizo notar su acompañante casi en el mismo tono—. Estás demasiado tiempo encerrada.

—No podría ganar lo que gano haciendo lo que hago al aire libre.

—Me encanta la rapidez de tus respuestas, cielo...
—El hombre que nunca parecía sentirse feliz por nada, y vista la familia que tenía le sobraban razones, observó por la ventanilla la larga pista en la que finalizaba su largo periplo y, tras sopesar con detenimiento lo que iba a decir, añadió—: Te propongo un trato; si eres capaz de averiguar la verdadera razón por la que hemos hecho este viaje, no solo te compraré el Porsche si no que te nombraré mi asesora financiera.

—¿Asesora financiera...? —repitió ella sorprendida—. ¡Menuda payasada!

—Según tú, solo te falta un año para acabar la carrera.

—Me faltan casi dos... Y mucho tendrías que pagarme.

—Con lo que ganaría con este asunto, si es que decido seguir adelante, podría pagarte durante quinientos años tu tarifa más alta... —Sonrió maliciosamente mientras apostillaba—: Y ten en cuenta que esa tarifa tan solo podrás aplicarla durante los próximos tres o cuatro años; luego tendrás que bajar los precios.

—Demasiado a menudo resultas aborrecible.

Él le tomó ambas manos colocando en la palma de una de ellas un cheque y en la otra una gruesa esmeralda.

—Demasiado a menudo —dijo—. Pero no hoy.

—No hoy... —admitió sin el menor reparo Caribel

con la más deslumbrante de sus sonrisas—. Esta piedra es una pasada y como muestra de agradecimiento te confesaré que he hecho algo que nunca había hecho antes.

—¿Y es?

—Ser indiscreta.

El avión se había posado y mientras rodaba en dirección al aparcamiento don Arturo comentó:

—¿Hasta qué punto?

—Hasta el de saber de qué trata el libro que estás leyendo con tanto interés...

—Suena poco profesional y me parece impropio de ti.

—Lo sé, me arrepiento y te pido mi sincera disculpa pero es que nunca he tenido un coche deportivo.

—Con lo que ganas será porque no has querido comprártelo.

—No es lo mismo comprado que regalado... —Guiñó un ojo sabiendo que lo que iba a decir era una estupidez—. El motor suena mejor...

Ya en su casa y ya en su cama, a oscuras y sin sueño debido a que el cambio de horario le afectaba, repasó mentalmente cuanto había visto y oído durante aquellos días intentando reflexionar serenamente sobre todo ello.

Algo le molestaba y mucho; le constaba que don Arturo Fizcarrald era un indeseable que nunca se cansaba de renegar de su propia familia, un estafador, un corruptor, un mal bicho y una alimaña, pero pese a ello, y aun sabiéndolo, se sentía a gusto a su lado debido a que le resultaba muchísimo más interesante que la mayoría de los hombres que había conocido —y había conocido demasiados—, lo cual le producía un desagradable malestar, como si se sintiera culpable de cometer un delito de «empatía con delincuentes», lo que tal vez estaría tipificado en el código penal.

Físicamente le resultaba tan indiferente como el resto de sus clientes y moralmente lo despreciaba, pero aun así se veía obligada a reconocer que había algo en él que la atraía, lo cual se le antojaba absurdo.

Desde el momento en que abandonaba El Convento se olvidaba de los más apasionados, los más atractivos, los más simpáticos, los más amables o los más generosos, y por lo tanto le desconcertaba que aquel regordete puercoespín cuellicorto que destilaba mala leche por cada poro del cuerpo ocupara un espacio en su mente.

«La irresistible atracción del mal; el arma predilecta de Belcebú», habría diagnosticado de inmediato un relamido psicólogo argentino que a veces acudía a cenar invitado por un cliente al que apodaban Picaflor porque únicamente se iba a la cama con las chicas recién llegadas y jamás repetía con ninguna.

El tacaño argentino, amén de gorrón, cursi y pedante, era un ceporro cuya mayor aspiración hubiera sido descender en línea directa de Eva Perón y Diego Armando Maradona, y que en cuanto el Picaflor se iba al casino o subía a los dormitorios se quedaba en el piano-bar observando a las pupilas con el despectivo gesto de quien se considera por encima de quienes le rodean, pese a que resultaba evidente que se reconcomía por dentro ya que sus astronómicas tarifas estaban fuera de su alcance.

Caribel ni siquiera le aborrecía porque no merecía la pena aborrecerle, pero tras escuchar pacientemente su retahíla de mamarrachadas y lugares comunes, continuaba sin poder determinar si lo que sentía por el retorcido Fizcarrald era respeto, simple curiosidad, o necesidad de aprender cosas que únicamente él parecía estar en condiciones de enseñarle.

Aún recordaba su primer consejo:

—Tú puedes mentir debido a que se presupone que es algo consustancial con tu trabajo, pero personas cuya obligación es ser honradas no deberían mentir como bellacos. En cuanto veas a un político entrar por esa puerta cierra la ventana porque saltará por ella llevándose cuanto agarre. Y otra cosa: a partir de ahora nunca aceptes cobrar con tarjeta de crédito ya que Hacienda puede obligarte a devolver el dinero... Con multas y recargos.

Tenía toda la razón, ya que al poco tiempo a una amiga de Lady Ámbar le había costado treinta mil euros acostarse con un alcalde seboso por lo que los únicos que salieron beneficiados fueron la Agencia Tributaria y el alcalde.

Se tumbó en el balancín del porche porque continuaba insomne y le apetecía contemplar la misma luna que le había alumbrado en Panamá, dado que seguía siendo la misma luna aunque Panamá se encontrara ahora a miles de kilómetros de distancia.

Le fascinaba la idea de convertirse en «asesora económica» y poder quedarse allí sin tener que maquillarse, peinarse, vestirse y descender por una pomposa escalera aguardando a que un cornudo picara el anzuelo, pero al mismo tiempo le asustaba la idea de trabajar para un hombre tan carente de escrúpulos.

Las de su profesión estaban consideradas «malas compañías», pero le constaba que don Arturo Fizcarrald constituía una pésima compañía incluso para las malas compañías.

Sopesó la posibilidad de trabajar para él evitando involucrarse en negocios turbios, pero sabía que tres años de universidad y otros tantos de ejercer un peligroso oficio no la habían preparado para encarar semejante reto, porque don Arturo debía de pertenecer a la temible casta de quienes eludían responsabilidades desviando la atención hacia sus subordinados, por lo que convertirse en su subordinado significaría pasar de prostituta a pararrayos.

—¡Tres años...! —musitó mientras cerraba los ojos debido a que al fin el sueño comenzaba a hacer acto de presencia—. Aguantaré otros tres años.

En tres años de trabajo cobrado en dinero que no pagaba impuestos conseguiría ahorrar más de un millón de euros, que unidos a lo que ya tenía, constituían una sólida base sobre la que empezar.

Algunas compañeras solían mantenerse luego «en el ambiente», ya que conociendo como conocían los gustos de los clientes actuaban de intermediarias suministrando «nuevo material a viejos vicios», pero ella no estaba dispuesta a convertirse en una pintarrajeada *madame* de las que sobrevivían a costa del asco ajeno.

Ella seguiría trabajando, pero en vertical. Volvería a la universidad, obtendría la licenciatura en Económicas, mientras tanto perfeccionaría su técnica y acabaría montando un moderno y prestigioso estudio fotográfico.

Todo ello ocurriría muy lejos de allí y al único al que echaría de menos sería a Jonathan.

Durmió en el porche hasta que el relente la obligó a tambalearse hacia una cama en la que seis horas después se despertó feliz, debido a que había decidido tomarse el fin de semana libre y eso quería decir que disfrutaría fregando suelos y azotando alfombras.

Colgar alfombras en el patio y golpearlas hasta que expulsaran la última mota de polvo se había convertido en uno de sus grandes placeres, achacable a que le recordaba los días más felices de su infancia.

Su madre y ella jugaban a «molerle el culo» a un demonio que estaría una semana sin poder sentarse a inventar nuevas maldades.

—Hay que atizarle justo donde le nace el rabo —le encantaba decir a su madre—. El rabo es lo único que le diferencia de los hombres.

—¿Y los cuernos?

—Los cuernos no —afirmaba la buena mujer segura de sí misma—. Conozco a muchos hombres con cuernos, pero a ninguno con rabo.

Su madre canturreaba mientras planchaba, fregaba o pelaba patatas, y tal vez por ello Caribel consideraba que llevar a cabo tareas consideradas denigrantes por cierto tipo de mujeres constituía una forma de liberación.

Cuando fregaba, fregaba para ella, cuando planchaba, planchaba para ella, y cuando pelaba patatas, pelaba patatas para ella sin tener que estar pendiente de lo que le apeteciera a un determinado cliente.

Hubiera sido un fin de semana perfecto de no ser por el hecho de tener que aceptar que la Pequeña Ibis parecía haberse diluido casi como una burbuja de jabón.

Y la pelirroja nunca había sido una burbuja de jabón; había sido su compañera de trabajo pese a que se tratara de una criatura desconcertante, a mitad de camino entre la ninfómana Mesalina y el inocente principito del cuento de Saint-Exupéry; un ser humano con más vicios que virtudes pero al que nadie tenía derecho a hacer desaparecer como por arte de magia.

Se había prometido encontrar a su agresor y a quienes ocultaban su cadáver pese a que le constaba que tendría que hacerlo en la sombra si no quería correr el riesgo de acabar de igual modo.

El Convento no era un vulgar prostíbulo manejado por brutales proxenetas llegados de países del Este; El Convento era una sociedad anónima cuyos estatutos preconizaban que sus principales objetivos los constituían «el turismo, el entretenimiento y la restauración».

Atraer turismo de alto poder económico sin duda lo atraía, entretener sin duda entretenía, y en cuanto a restaurar, sin duda la inmensa mayoría comía muy bien, aunque algunos salían de allí más derruidos que restaurados.

Se murmuraba que a personalidades de notable influencia que poseían acciones de El Convento no les gustaría perder su inversión porque tal como aseguraba el viejo chiste, «Ninguna madre superiora de la orden de las hermanitas de los pobres aceptaría establecerse en lo que había sido la mansión de las amiguitas de los ricos», lo cual significaba que si dejaba de ser prostíbulo de lujo el grandioso edificio no serviría para nada.

Ni tan siquiera como hotel, porque aquel apartado «Jardín de las Delicias» tan solo seguiría produciendo sabrosos frutos mientras fuera frecuentado por machos libidinosos en busca de hembras hermosas. Y si para que los machos libidinosos continuaran acudiendo se hacía necesario sacrificar a una hembra hermosa, se la sacrificaba y en paz.

Al fin y al cabo sabían a lo que se arriesgaban.

Caribel lo había sabido desde el momento en que la contrataron, por fortuna había sido lo suficientemente hábil como para evitar meterse en problemas pero con demasiada frecuencia los problemas tenían la fea costumbre de hacer acto de presencia cuando menos se esperaba.

Y por donde menos se esperaba.

Debía haber previsto que pronto o tarde, viva o muerta, la Pequeña Ibis acabaría acarreándolos debido a que el tipo de obsesión que experimentaban por ella cierto tipo de hombres podría tacharse de enfermiza.

La frágil criatura sacada de una caja de música parecía estar dotada de un talento especial a la hora de captar las inseguridades de sus clientes, pero al mismo tiempo sabía cómo estimular sus puntos fuertes, con lo que acababa manipulándolos a su antojo.

Y en cuanto comprendía que nunca conseguiría manipularlo, le echaba de su cama.

Cabría decir que «la mujer objeto» por la que los hombres pagaban, los convertía en «hombres objeto», que además pagaban.

Caribel había intuido tiempo atrás que aquel tipo de insanas —y cabría decir que «dañinas» relaciones— corrían peligro de acabar de mala manera, pero no era quién para aconsejar sobre la mejor forma de sacar provecho a las habilidades de cada cual, por lo que había preferido no hacer el menor comentario al respecto.

Ahora se arrepentía, pero Lady Ámbar aseguraba que el arrepentimiento siempre llegaba demasiado tarde.

«Ningún arrepentimiento consigue arribar el primero a la meta porque para cuando hace su aparición la carrera ha concluido.»

Ya no era cuestión de buscar el porqué sino el quién, y tras pasar la mayor parte del día afanada en las labores de la casa se acercó a visitar a Jonathan, quien admitió que intentaba mejorar la calidad de las fotos aunque de momento no había conseguido gran cosa.

—Fíjate en esto... —le comentó marcando un punto sobre la pantalla del ordenador—: Parece un neumático.

—Lo parece... —admitió ella—. Pero nunca he visto una furgoneta que lleve un neumático en el costado. ¡Y a tanta altura!

—Desde luego —reconoció el muchacho—. Pero he llegado a una conclusión: no es un neumático; es el dibujo de un neumático.

—¿El dibujo de un neumático? —se sorprendió su mejor amiga—. ¿A quién se le ocurriría dibujar un neumático en el costado de una furgoneta?

—A alguien que los vende.

—¿Por qué eres tan observador?

—Porque no puedo ser otra cosa.

La rápida respuesta, que no carecía de una cierta lógica en quien necesitaba ayuda para moverse, le desconcertó, por lo que tardó más de lo normal en inquirir:

—¿O sea que tenemos que empezar a recorrer la ciudad buscando la furgoneta de alguien que vende neumáticos?

—La tendrás que buscar tú porque no creo que esté en condiciones de perseguir furgonetas en silla de ruedas. —El malintencionado chicuelo hizo una pausa antes de añadir con descaro, dado que evidentemente se estaba burlando de ella—: Pero lo que sí puedo hacer es buscar en internet la dirección de todos los vendedores de neumáticos de la ciudad. —Puso aún más intención en las palabras al concluir—: Creo que eso facilitaría mucho las cosas.

—¿Y si te atizara un coscorrón por faltarme al respeto? —le amenazó alzando el puño.

—Estarías dando rienda suelta a tu ego y abusando de quien no puede defenderse... —Sonrió con picardía al tiempo que extraía de un cajón una hoja de papel impreso y añadía—: Y como por el hecho de ser lento me gusta adelantarme a los acontecimientos, aquí tienes la lista.

La observó perpleja y no pudo por menos que lamentarse:

—¡Caray! ¡Cuántos!

—Es que hay muchos coches...

Creía encontrarse en un lugar desconocido, deambulando sin saber quién era o hacia dónde se dirigía y le dolía el pecho, pese a lo cual no experimentaba un malestar físico, sino algo parecido al retumbar de un tambor, lo que le obligaba a imaginar que sus pulmones estaban tan llenos de aire que estallarían en cualquier momento.

Era una situación inexplicable; como si estuviera a punto de asfixiarse por falta de oxígeno, cuando lo que le sobraba era oxígeno.

Advirtió que alguien corría directamente hacia él y de forma instintiva dio un paso atrás, consiguiendo evitar que le arrollara.

Quienquiera que fuera, grande, fuerte y agresivo, pasó a su lado como un tren, giró sobre sí mismo y su indignada forma de mirarle parecía indicar que el solo hecho de evitar el encontronazo constituía una grave ofensa.

Se comportaba como cuando los matones de su barrio le mojaban la oreja con el fin de iniciar una pelea.

Casi siempre acababa molido a palos.

Se alejó cabizbajo sin saber hacia dónde.

Tal como les encantaba destacar a los comentaristas: «Otra vez se había ido del partido», pero en esta ocasión acertaban porque su ausencia era tan evidente que dos compañeros se aproximaron con el fin de averiguar si se encontraba indispuesto.

Sus rostros le resultaban familiares pero no conseguía recordar sus nombres y le llamó la atención que se hubieran cortado el pelo de forma harto ridícula, uno con una cresta de loro y el otro con gruesas rastas teñidas de amarillo y verde.

Sin duda seguía viviendo la horrenda pesadilla que había comenzado la noche en que comprendió la gravedad de lo que había hecho dando por sentado que jamás volvería a pisar el césped de un estadio.

Pero ahora estaba allí, justo en el círculo central, huyendo de un balón rojo y blanco que todos se afanaban en lanzarle como si le incitaran a volver a patear la frágil cabeza de la endemoniada pelirroja.

Empezaba a creer que miles de espectadores sabían lo que había hecho y querían que lo repitiera disfrutando de cada detalle de la escena como si se tratara de una película de Tarantino.

Probablemente muchos de ellos adoraban aquellas desmadradas películas en las que la sangre manaba a borbotones, los cráneos se rompían como sandías, los intestinos se desparramaban sobre el entarimado y los sesos embadurnaban las paredes.

Si se le sumaba un precioso cuerpo desnudo y unas bragas desgarradas a mordiscos, el escenario se les debía de antojar perfecto.

Digno de Tarantino e ideal para el espectador, pero no para él, puesto que no había allí un director gritando: «¡Corten!» «¡Repetimos!» «¡Necesito más brazos cortados, más rostros destrozados y más sangre!»

No había más sangre, y si la había, no había otra Ibis a la que reventarle el rostro a patadas.

Ibis tan solo había una y al parecer ahora pocos sabían dónde se encontraba.

De improviso se detuvo y comenzó a observar casi una por una las miles de cabezas que se alineaban en las gradas buscando la corta melena roja que enmarcaba unos gélidos ojos verdes que habían logrado obsesionarle.

Se habían acostado juntos treinta y dos veces, pero

siempre abandonaba el dormitorio con la amarga sensación de no haberla poseído.

Ibis nunca había sido suya, y sospechaba que de nadie, puesto que nunca se entregaba ni nunca estaba en venta; únicamente en alquiler.

Semejaba un insaciable parquímetro en el que se introducían billetes pero que en un determinado momento indicaba al usuario que disponía de cinco minutos para estacionarse en otra parte porque había alguien esperando ocupar la plaza; alguien a quien odiar aún sin conocerle ni haberle visto nunca; alguien a quien envidiar porque pronto estaría acariciando aquellos mismos pechos, y alguien a quien castrar porque tal vez fuera capaz de conseguir que ella gimiera, y el suyo fuera un auténtico gemido de placer.

Acostarse con Ibis le producía la misma sensación que haber jugado treinta y dos partidos —no ya sin marcar un gol— sin tan siquiera haber conseguido aproximarse al área.

Una espectadora que tenía el cabello castaño, casi rojizo, y lucía un gran escote le sonrió provocativamente, pero no era Ibis.

Ibis jamás había asistido a un partido de fútbol y admitía que le importaba un bledo que miles de personas le aclamaran o docenas de chicas intentaran llevárselo a la cama, porque siempre serían otras camas. Aquella era la suya y quien pretendiera acostarse en ella pagaba por adelantado o se iba a dormir al parque.

—Puede que seas el rey del balón —alegaba—. Pero aquí no hay ningún balón con el que hacer malabarismos.

Aquella satánica criatura sabía cómo provocar al más templado, y él no había sido nunca un hombre templado.

Su representante le había alertado sobre «las bellas busconas» que andaban a la caza de ídolos, pero no le había dicho nada sobre profesionales a las que había que buscar en un burdel de lujo y que se mostraban inmunes al fulgor de la gloria.

En cierta ocasión la invitó a conocer su sala de trofeos y la despectiva respuesta le dejó de piedra:

—Mi padre participó en dos olimpiadas y me crie entre medallas que acabó cambiando por vodka... —Hizo una de aquellas pausas que sabía que le ponían nervioso, antes de sentenciar—: Y sospecho que acabarás cambiando tus trofeos por ginebra.

Aquel día hubiera deseado ser capaz de decir o hacer algo inteligente, pero no se le ocurrió nada y lo único que hizo fue darle una patada al cojín sobre el que ella solía arrodillarse cuando le practicaba una felación.

Por desgracia dar patadas constituía casi su única forma de expresarse, a veces marcando un gol a treinta metros y a veces dejando escapar su frustración, pero no parecía la mejor forma de evitar que en cuanto llegaba al garaje le asaltase la perentoria necesidad de recurrir a la botella que guardaba en la guantera.

La ginebra le calmaba.

La ginebra le calmaba.

La ginebra le calmaba.

Sabía que no era cierto, pero el simple hecho de pensarlo le calmaba.

Se alejó de un balón que se aproximaba en exceso, y desde las gradas surgió una voz estentórea:

—¡Maldito borracho hijo de puta!

VIII

La lista se había alargado y al parecer casi los únicos a los que no se habían atrevido a invitar era al Papa, a Putin, a la reina de Inglaterra y a Donald Trump.

Aquel trío de majaderos —madre, hija y espíritu lerdo— vivían tan convencidos de que el dinero abría todas las puertas que no dudaban en permitir que su imaginación se disparara sin el menor sentido del ridículo.

Aunque intentando ser justo —que en ocasiones lo intentaba— no podía culparles en exceso, ya que en unos tiempos en los que millones de personas se dedicaban a recorrer las calles con un móvil en la mano en busca de muñecos virtuales, vivir en un mundo disparatado parecía haberse convertido en una obligación.

La mayoría lo hacía intentando evadirse de sus múltiples problemas, pero quienes no tenían problemas tal vez lo hacían por huir de su insondable estupidez.

Al fin y al cabo, su mujer, su hija y su futuro yerno eran como la mayoría de los seres humanos, aunque los dos últimos más feos.

Intentó imaginarse la escena de Sue bañándose desnuda a la luz de la luna panameña y sintió un escalofrío; si su futuro marido tenía un mínimo sentido de la estética lo mejor que podría hacer era saltar por la borda y alejarse nadando rumbo a la noche.

Se regodeó largo rato en recordar esa misma escena pero con Caribel como protagonista, e incluso llegó a plantearse que lo mejor que podía hacer era mandar al diablo al trío que estaba agriándole la vida y pedirle a tan fabulosa criatura que se fuera con él a Bora-Bora.

A su edad debía intentar ser feliz los años que le quedaban, pero sabía muy bien que Bárbara nunca se lo permitiría.

Se hacía la loca en cuanto se refería a sus deslices puesto que constituía una forma de ahorrarse un trabajo que no le apetecía en absoluto, pero si la cambiaba por una mujer más joven se sentiría humillada y sabía lo suficiente sobre sus actividades delictivas como para conseguir que en poco tiempo cambiara la arena de una playa por el jergón de un presidio.

La atractiva opción de Bora-Bora presentaba un segundo inconveniente y que se limitaba a adivinar por cuánto tiempo estaría dispuesta Caribel a vivir en una isla.

Creía conocerla lo suficiente como para vaticinar que cuando considerara que se había asegurado el futuro, volaría muy lejos, siempre sola, y eso era algo de lo que no podría culparla puesto que al fin y al cabo él habría hecho lo mismo. Ambos eran seres libres que de una forma u otra utilizaban a los demás con el fin de conseguir seguir siéndolo.

En su caso, robando, estafando, corrompiendo y traicionando.

En el de ella, follando.

Puntos de vista diferentes a la hora de conseguir idénticos objetivos, ya que Caribel sería incapaz de robar, estafar, corromper o traicionar, mientras que él se sentía incapaz de acostarse con nadie por dinero.

Debía de ser complicado.

Y doloroso.

Le vinieron a la mente la encantadora sonrisa y la confesión de culpabilidad con que había agradecido el regalo de la esmeralda, así como la absoluta indiferencia con los que su mujer y su hija habían recibido unas piedras idénticas.

Al comprar tres había conseguido un notable descuento en la mejor joyería panameña, pero pese a no diferenciarse apenas, habían sido recibidas de forma muy diferente.

Para una había sido un bonito detalle que merecía el premio de la sinceridad; para las otras casi una obligación que apenas valía la pena tener en cuenta.

Ni tan siquiera le habían preguntado dónde había estado, aunque en este caso no podía culparlas pues él mismo aseguraba que cuanto menos supieran sobre sus negocios, mejor.

Y el que ahora tenía entre manos era, sin duda, un negocio harto peligroso.

Tan peligroso que aún no se había decidido a afrontarlo.

La oferta era en verdad tentadora, pero necesitaba tiempo para sopesar los riesgos visto que quienes se involucraron con anterioridad en un empeño semejante acabaron muertos.

O encerrados por el resto de sus vidas.

Ambas opciones resultaban poco apetecibles para alguien que disponía de una veintena de cuentas corrientes con más dinero del que pudiera gastarse en mil años.

Pero el dinero no lo era todo.

Su dinero tan solo serviría para que «las abominables mujeres de las nieves» que acababan de irrumpir en su despacho se lo gastaran en memeces.

—Tenemos un problema —fue lo primero que dijo la que veinte años atrás no se le antojaba en absoluto abominable sino francamente apetecible—. No encontramos un lugar lo suficientemente grande y representativo que esté libre el día de la boda.

—No me parece tan grave —replicó convencido—. Existen dos soluciones: o cambiar la fecha de la boda o reducir el número de invitados.

—¡Papá...!

La hermosa palabra que todo hombre aspira a escuchar dejaba de ser hermosa en cuanto se pronunciaba en tono de exigencia.

Aquella repulsiva criatura había recibido cuanto había deseado y lo único que podía echarle en cara era haberla engendrado en mal momento, pero allí estaba, con su mirada turbia y su voz chillona, esperando que por enésima vez le sacara de los absurdos problemas en que acostumbraba meterse.

Suponía que la mitad de cuantos componían aquella paranoica lista de invitados jamás se molestarían en responder, que la mitad de la otra mitad lo haría con una escueta nota de disculpa, y de los que quedaran la mayoría no acudiría ni a rastras.

Sabía que podría repetirlo mil veces, pero que tan obtusas molleras no aceptaban que tan solo eran una familia de advenedizos con menos *glamour* que una bayeta.

Se entretuvo el tiempo necesario para juguetear con la lengua en el hueco de la muela y al fin masculló:

—No puedo hacer que construyan un local apropiado en tan poco tiempo... No soy un mago.

—Lo sé, cariño... —admitió quien rara vez admitía un no por respuesta—. No puedes construir un local, pero sí puedes conseguir que alguien cambie la fecha de su boda.

—¿Que alguien cambie la fecha de su boda? —repitió casi en los límites de la perplejidad—. ¿Y quién va a hacer eso?

—Estos por ejemplo; los Delacroix, que tienen comprometido el palacio de...

—¡Pero los Delacroix son la familia más respetada de la región...! —le interrumpió a punto de perder su tradicional compostura, aunque de inmediato cambió de actitud girando hacia territorios que dominaba—. Si sospechan que intentamos boicotear la boda de su hija nadie acudirá a la de Sue porque los Delacroix llevan aquí cuatrocientos años y nosotros seis.

—Eso es verdad.

—¡Pero, mamá...!

—¡Escucha, cielo! Por una vez tu padre tiene razón y te expones a quedarte compuesta y sin invitados. Busquemos otra solución...

Se fueron, lanzó un suspiro de alivio y volvió a preguntarse cómo sería un mundo en el que no tuviera que soportar a diario a semejante par de garrapatas.

—Si estuviera disponible alquilaría el palacio de

Versalles con tal de quitármelas de encima... —musitó mientras sonreía a tan estrafalaria idea—. O la Bastilla.

Habían aprovechado aquellos días para realizar reformas, remozar paredes y dotar a las puertas de cerraduras en las que bastaba con introducir una tarjeta.

Una refugiada siria de ojos inmensos y melena que le llegaba a la cintura ocupaba ahora la habitación de la Pequeña Ibis, quien —según el gerente— había decidido dejar el oficio y regresar a su país de origen.

Al parecer ya había ahorrado lo suficiente.

Caribel se limitó a aceptar la burda explicación que había previsto, y tan solo algunos clientes lamentaron la ausencia de quien, pese a su juventud, se había convertido en uno de los firmes pilares de El Convento.

La mayoría opinaba que la recién llegada tenía el encanto de la novedad y el morbo de haber atravesado descalza media Europa huyendo de las bombas que llovían sobre Alepo, pero carecía de la magia y la inquietante personalidad de la pelirroja.

Un anticuario belga se mostró dispuesto a gratificar con cincuenta mil euros a quien le indicara dónde podría encontrarla, pero el gerente le hizo comprender que «las normas de la casa» estipulaban que la discreción debía anteponerse a cualquier consideración, y cuando una pupila decidía dejar el oficio su pasado quedaba enterrado entre aquellos muros milenarios.

—Su pasado tal vez, pero no su recuerdo —fue lo que se dijo a sí misma Caribel—. Y si alguien imagina que aquí se acaba la historia se equivoca.

Era una excelente profesional del fingimiento, por lo que continuó fingiendo que le importaba un rábano que una compañera hubiera decidido dedicarse a cultivar lechugas, comentando que a su modo de ver la joven siria no era tan competitiva, por lo que los «clientes habituales» de Ibis acabarían distribuyéndose entre el resto.

Odiaba expresarse de aquel modo pero se suponía que era lo que se esperaba de ella, por lo que se limitó a volver a un trabajo que se había amontonado tras el parón por culpa de la supuesta rotura de una inoportuna cañería.

Se vio obligada a acortar el tiempo que solía pasar en la bañera con el fin de atender debidamente a tanto garañón descontrolado, e incluso a renunciar a alguna de las pantagruélicas cenas con el desmadrado chatarrero y su no menos desmadrada esposa.

—Estás hecha unos zorros... —le hizo notar esta última.

—Lo que estoy hecha es una zorra, pero entra el dinero a chorros —replicó sobre la marcha.

—¿Hasta cuándo?

—Hasta que encuentre un hombre como el tuyo.

—Escasean.

—¡Y que lo digas...!

Fue una semana ajetreada que contribuyó a pagar los gastos de amueblar un nuevo apartamento del que calculó que podría obtener una aceptable renta durante los próximos sesenta años.

Y no esperaba vivir tanto.

El miércoles siguiente recibió la visita de don Arturo, que una vez liberado de sus más perentorias necesidades dedicó la mayor parte del tiempo a maldecir a quienes no parecían tener otro objetivo que amargarle la vida.

—Ahora están empeñadas en alquilar un castillo. ¿Te imaginas? ¿Qué coño se me ha perdido en un castillo?

—El mío no, desde luego.

—El tuyo no, desde luego, aunque me encantaría que vinieras a la boda; al menos tendría quien me consolara.

—¿Pero por qué llegas a ser tan plasta? —le espetó sin ambages—. No paras de quejarte mientras no paras de decir que estás loco por librarte de Sue. ¿En qué se puede gastar mejor tu dinero que en la boda de tu hija?

—En eso puede que tengas razón —admitió de

mala gana el tan justamente acusado—. ¿Te animas a venir...?

—Supongo que se organizaría la de Dios, y lo primero que te advierten cuando entras en esta casa es que no puedes drogarte, tener chulo o provocar escándalos. —Le acarició con afecto la mejilla al añadir—: Como se suele decir, «me juego el puesto».

—Te he ofrecido uno mejor.

—¿«Asesora económica»? ¡No seas niño! Los dos sabemos que aunque consiguiera acabar la carrera no serviría; me acostumbraría a trabajar poco y tú te acostumbrarías a mí.

—¿Y qué tiene eso de malo?

—Que por lo que dicen, soy una mala costumbre.

—Escucha, menguado, que a mí no va a joderme un borracho pichafría... —Se le advertía fuera de sí y había dejado la chaqueta entreabierta con el fin de dejar a la vista la culata de un arma—. El sábado teníamos que haber ganado por goleada, pero perdimos porque correteabas por el campo dando saltitos como una gallina loca y ahora nos acusan de tongo.

—No podía concentrarme.

—¿Concentrarte? —se escandalizó Mijail Yukov—. ¿Acaso eres un gurú hindú o un monje tibetano? Esa panda de tarados estaban hundidos pero ahora resulta que el que está en peligro de descender es el equipo que queremos venderle a un jeque caprichoso.

—No lo sabía.

—Tú nunca sabes nada pero deberías saber cuál es la diferencia entre vender un equipo bien clasificado de primera división y otro que está a punto de descender... —El agresivo personaje se movía sin parar, cambiando de lugar trofeos y fotos como si con ello pretendiera dejar claro que a partir de aquel momento las cosas iban a ser muy diferentes—. Alguien perdió una fortuna pagando apuestas que estaban nueve a uno... —añadió—. ¿Tienes una idea de lo que ocurriría si empiezan a investigar sobre los partidos que se amañan?

—¿Se amañan...?

Quien se había adueñado de su vida se detuvo en seco y lo miró de arriba abajo como si en verdad le costara admitir que existiera un ser tan increíblemente lerdo. Abrió la boca con intención de soltar un reniego, pero la volvió a cerrar limitándose a agitar una y otra vez la cabeza.

—No, querido... —respondió con ironía—. ¿A quién se le ocurre? Se supone que un negocio que mueve miles de millones ha quedado en manos de individuos intachables pese a que un buen número de miembros de sus federaciones está ya en la cárcel. —Le golpeó repetidamente el hombro con el fin de que le prestara más atención al inquirir—: ¿Tienes idea de lo que significa para el presidente de un club invitar a su palco a reyes, ministros y banqueros?

No la tenía.

Él tan solo subía al palco cuando estaba lesionado y solía sentirse incómodo porque cuantos le rodeaban no hablaban polaco y lo que en verdad le gustaba era estar abajo, entre los de su clase.

Los otros, los de chaqueta y puro, le desconcerta-ban, y cuando le pasaban la mano por el hombro pi-diendo que les hicieran una foto se sentía como un pa-yaso con el que valía la pena retratarse.

Y especialmente le molestaba la forma en que le mi-raban las enjoyadas esposas o las descaradas amantes que parecían adivinar al primer golpe de vista que en las distancias cortas nunca ganaría por goleada.

—Estamos negociando un contrato por el que te convertirías en la imagen corporativa de una línea aérea —continuó Yukov en el mismo tono que pudiera ha-ber empleado su bisabuelo al dirigirse a un siervo de su finca—. Pero si su presidente, un mojigato que usa papel higiénico cuando mea para no mojarse los cal-zoncillos, sospecha que estás en el ajo, no firmará ni a tiros.

—¡Pero yo no estoy en el ajo! —protestó.

—Pues el sábado lo parecías. ¡Es más...! Quien no te conozca pensaría que eres la mismísima cabeza del ajo.

—Necesito una copa.

—¿Cómo has dicho? —inquirió el otro, perplejo.

—Que necesito una copa.

—¿Se puede ser tan ceporro...?

—Es que estoy confuso.

Por toda respuesta su oponente empujó la mayor de las copas de la estantería y en cuanto dejó de rebotar contra el suelo la aplastó de un taconazo:

—¿Te basta con esta? —inquirió burlón—. Si no te basta queda una veintena y continúo con las del bar. ¿Es que no me escuchas? ¡Nada de beber!

—¡Pues peor para ti! —Se diría que el dueño de los trofeos reaccionaba al verlos amenazados—. Te has empeñado en que no beba y ya ves el resultado.

—¿Qué quieres decir?

—Que llevo ocho años bebiendo y siempre he sabido controlarme.

—¿Matando putas...?

—No tuvo que ver con el alcohol... —fue la espontánea respuesta que sonaba sincera—. Admito que había bebido, pero quizás hubiera hecho lo mismo estando sobrio. ¡Esa mujer me desquiciaba!

—¿Por qué? ¿Qué tenía que la hiciera tan especial?

—Era distinta... Conseguía llevarte del cielo al infierno, o viceversa, en un minuto.

Mijail Yukov permaneció unos instantes cejijunto, como si estuviera intentando recordar si había conocido a alguna mujer capaz de conseguir algo parecido, pero al no obtener respuesta decidió tomar asiento y mirarle a los ojos.

—¡Explícate...! —pidió.

—¿Y qué quieres que te explique? Quien no la haya conocido no puede entenderlo. Le gustaba desnudarme muy despacio mientras me hablaba como si fuera un niño que iba a tener su primera experiencia amorosa, y lo cierto es que cada vez era como si fuera la primera... —Hizo una corta pausa—. Y la última.

—¡Curioso siendo tan poca cosa! ¿Hacía lo mismo con todos?

—¿Y yo qué sé? —fue la malhumorada respuesta—. Y no quiero seguir hablando de ella; lo que quiero que entiendas es que bebiendo he llegado donde estoy, pero en cuanto llevo cuatro días sin tomar una copa la jodo, más te vale dejarme seguir haciéndolo o en el próximo partido se puede ir todo al carajo.

—¡Visto de ese modo!

—Es la mejor forma de verlo porque probablemente dentro de un par de años me haya convertido en un alcohólico, pero seguro que dentro de un par de semanas no me habré convertido en un abstemio.

—Eso es muy cierto.

—Pues deja las cosas como estaban y todo irá mejor.

—Durarás poco.

—Para ti, lo suficiente. Podrás firmar cien contratos y te garantizo que cuando me hagan fotos no se me verá borracho.

Quien hasta minutos antes se mostraba intransigente parecía estar aceptando que quien le exponía de un modo tan descarnado sus razones, tenía cierta razón por muy menguado que fuera.

Le resultaba imposible colocarse en el lugar de alguien que había demostrado tener una endiablada habilidad a la hora de enfrentarse a brutales gigantones, decididos a romperle las piernas o hundirle las costillas, pero no sabía cómo enfrentarse a sus propias debilidades.

A él la ginebra le producía ardor de estómago, por lo que mal podía juzgar a un cretino que había arruinado su vida por su culpa.

—Tendrá que ser mi jefe quien decida —señaló al fin—. No suele beber, pero de putas entiende.

La gerencia declaró el lunes día de descanso, ¡falta le hacía!, por lo que decidió visitar los talleres en los que, según la lista que le había proporcionado Jonathan, reparaban neumáticos.

No necesitó esforzarse mucho, puesto que al primer encargado que le contó que se había comprado una casa en las afueras, los antiguos propietarios habían abandonado en el patio trasero varios neumáticos viejos y andaba buscando quien pudiera retirarlos, el hombretón respondió de inmediato:

—Nosotros no nos dedicamos a eso, ya que tan solo almacenamos el material que tiene salida rápida. Luego, cada diez o doce días, vienen los de Vulkhania, y se llevan las ruedas que no vale la pena recauchutar.

—¿Sabe dónde encontrarlos?

—En el polígono industrial del otro lado del río. No creo que le resulte difícil dar con ellos.

No le resultó en absoluto difícil puesto que la nave era amplia, el letrero aparecía muy visible y el aparcamiento se encontraba ocupado por camiones, tractores, excavadoras y un sinfín de vehículos de uso agrícola o industrial que calzaban ruedas enormes.

Pasó de largo, siguió calle arriba, torció en la segunda esquina, se detuvo y cerró los ojos concentrándose en lo que había conseguido observar en tan escaso tiempo.

Estaba casi segura de haber entrevisto una furgoneta sobre cuyo lateral destacaba el nombre de Vulkhania bajo el dibujo de un enorme neumático.

Encendió un cigarrillo, dio tres caladas y comprobó que el callejón constituía la trasera de dos largas naves industriales y acababa en un pronunciado terraplén que daba al río.

Se escuchaba un ruido monótono, tal vez proveniente de una serrería, y no se distinguía un solo ser viviente por los alrededores, por lo que se trasladó al asiento trasero y comenzó a hacer fotos como si fuera lo último que pensaba hacer en esta vida.

El ángulo era perfecto y el teleobjetivo, excelente, por lo que consiguió captar cada detalle de cómo se sustituían ruedas que en ocasiones superaban la altura o el grosor de los mecánicos.

Evidentemente, además de almacén, aquel debía de ser un taller especializado ya que contaba con amplio espacio y poderosas máquinas sin las que resultaría casi imposible trabajar en tan gigantescos vehículos.

En el segundo piso se distinguían las oficinas desde cuyos ventanales los directivos controlaban a los trabajadores, pero no pudo obtener ni una sola imagen de ellos.

Continuó allí, tratando de ordenar sus ideas, hasta que advirtió que un camión cargado de neumáticos usados abandonaba las instalaciones y enfilaba la carretera que se dirigía a las montañas.

Dejó pasar unos minutos, dio un rodeo con el fin de no volver a cruzar frente al almacén, y siguió al humeante vehículo que avanzaba a paso de tortuga.

Comprendió que se vería obligada a adelantarle, por lo que se desvió por un sendero lateral hasta que se encontró frente a una cadena que le impedía el paso.

Encendió un nuevo cigarrillo pese a saber que estaba contraviniendo sus propias reglas, y se preguntó qué habría hecho Lady Ámbar en semejante situación.

Pronto admitió que resultaba inútil ya que ni Lady Ámbar, ni nadie medianamente sensato, hubiera llegado jamás hasta tan desolado páramo.

Dejó pasar casi diez minutos antes de regresar a la carretera y a los pocos kilómetros, cuando comenzaba a ascender por la ladera de una montaña, avistó una gran hondonada de un negro mate que contrastaba con los tonos suaves del resto del paisaje.

Nadie sabría calcular cuántos miles de neumáticos se amontonaban en lo que antaño fuera un barranco, puesto que probablemente ni los más viejos del lugar recordarían qué profundidad tenía antes de convertirse en vertedero.

Continuó monte arriba, se detuvo entre unos árboles, apagó el motor y observó cómo el camión volcaba su contenido sobre aquella masa inestable en que todo era circular.

Una rueda de más de dos metros rodó durante un par de minutos para acabar en pie, erguida y desafiante, como si quisiera proclamar que por vieja que fuera seguía siendo una rueda y no se daba por vencida.

Comprendió que dentro de ella cabría perfectamente un cuerpo como el de Ibis, que apenas pesaría cuarenta y cinco kilos.

En cuanto el camión regresó por donde había venido hizo casi medio centenar de fotos procurando concentrarse en cada detalle pese a que, excepción hecha del tamaño, todo venía a ser casi lo mismo; negro sobre negro sobre negro.

Regresó a su casa, comió algo puesto que no había probado bocado en todo el día, y otra vez con un pitillo en la mano —y ya iban tres— se sentó frente al ordenador con el fin de estudiar, muy ampliadas, la ingente cantidad de fotografías que había hecho.

Las de los mecánicos cambiando ruedas no eran más que simples fotos de mecánicos que cambiaban ruedas, pero las del vertedero impactaban por la acentuada fealdad de un desolado lugar absolutamente monocolor.

Una de ellas podría haber servido de cartel anunciador del fin de una civilización, y de cómo se había dotado a unos determinados seres de una determinada inteligencia con el fin de convertir cuanto de hermoso había proporcionado la naturaleza en un horrendo vertedero. No obstante, pronto advirtió que, a diferencia de lo que solía ocurrir en la mayoría de los vertederos, en aquel no se distinguía una gaviota, ni un halcón, ni un buitre o tan siquiera un cernícalo al acecho de una mísera lagartija...

No había nada; ni aves, ni perros, ni gatos, y por mucho que amplió las imágenes tampoco consiguió descubrir ni tan siquiera una rata.

Era un espacio muerto.

IX

Jean Paul Lagarde estaba considerado un buen cliente, no un asiduo, pero sí alguien que acostumbraba acudir con grupos de amigos y hombres de negocios fascinados por la excelente cocina, el exquisito ambiente que nada tenía en común con la chabacanería del resto de los prostíbulos del continente y, sobre todo, las fabulosas mujeres que podían tener aspecto de cualquier cosa, excepto de fulanas, y a las que no siempre se conseguía a base de dinero.

En torno a una mesa de El Convento, se cerraban acuerdos, se concretaban alianzas y se establecían complicidades entre quienes compartían manteles de hilo y sábanas de seda.

Banqueros y políticos locales, así como personalidades de paso por la ciudad, solían recurrir a Jean Paul con el fin de que les consiguiera una buena mesa o convenciera a alguna de las chicas más «difíciles», lo cual, a decir verdad, no siempre lograba.

Lo de convencer a las chicas estaba fuera de su alcance y lo de reservar una buena mesa a veces no lo hacía, no porque no pudiera, sino porque no tenía el menor interés en que se sospechara que su influencia en El Convento era excesiva.

Porque su influencia en El Convento no era excesiva; era más bien total puesto que, prácticamente, era casi su único dueño.

Jean Paul Lagarde prefería controlar la marcha del negocio desde el anonimato y tan solo tres personas de su absoluta confianza —y ninguna de ellas trabajaba en el prostíbulo— conocían su forma de actuar.

De tanto en tanto hacía acto de presencia, siempre acompañado, disfrutaba de la excelente cocina, solicitaba los servicios de alguna de las recién llegadas y si esta aceptaba irse a la cama con él pagaba en metálico, dejaba una aceptable propina y se marchaba.

Días más tarde la gerencia recibía un informe de «La Dirección» sugiriendo cambios o felicitando por la calidad de los «servicios».

Nadie sabía de dónde provenían pero solían ser acertados ya que, por si no bastaran por su lógica, aportaban un razonamiento indiscutible: o se efectuaban los cambios o se cambiaba de empleo.

Una exuberante californiana se vio obligada a buscarse otro «club» porque no atendió a razones, continuó mascando chicle, y un cliente se sintió molesto debido a que le había dejado una pequeña parte adherida al escroto, y esa noche su esposa se había enfurecido al descubrirlo.

Al parecer la reacción de la ofendida mujer fue digna de recordar:

—Estoy dispuesta a compartir las ladillas de tus putas... —había exclamado furibunda—. Pero no su chicle.

Cierto, falso, o tan solo exagerado por su protagonista, un griego con fama de gamberro, la californiana tuvo que irse a pegar sus chicles a otra parte.

El incidente de la goma de mascar formaba parte del abundante y variado anecdotario de El Convento.

Cuatro años antes un excéntrico libio, sobrino del coronel Gadafi, se había gastado un dineral en cerrar el local y hacer que algunas de sus pupilas se vistieran con el uniforme de «La Guardia Femenina» del lunático dictador. Al parecer vivía obsesionado con la idea de acostarse con ellas, pero jamás lo había intentado por miedo a un sicópata que no dudaba en cortarle la cabeza a cuantos le incomodaban.

Linchado el monstruo y en histérica desbandada el flamante ramillete de sus «feroces guardaespaldas», quedaba como única solución recrear la escena en la que se incluyó a un actor notablemente parecido al coronel que observaba impotente cómo un escuálido rapaz se llevaba a la cama, una por una, a unas altivas guerreras que habían jurado dar su vida por Gadafi, pero que no habían levantado un dedo en su defensa.

Las participantes en la farsa admitieron que se lo habían pasado en grande disfrutando de la nueva experiencia de hacer el amor con uniforme y botas ante la impasible mirada de un pobre actor que apretaba los dientes y sudaba a chorros.

Le pagaron muy bien, pero debió de ser una de las escenas más difíciles de interpretar de su carrera.

Sin embargo, para Jean Paul no se trataba ahora de anécdotas divertidas o pequeños detalles que contribuyeran a mejorar el servicio, sino de un grave problema que venía, como de costumbre, precedido por otro grave problema.

Su peor pesadilla, la muerte violenta de una de sus chicas, había tenido lugar y desde el día de la inauguración de El Convento había sabido que un escándalo de semejantes proporciones significaría su ruina.

Por suerte y con la inestimable ayuda de un compañero de universidad había conseguido que el cuerpo de la Pequeña Ibis se esfumara como si jamás hubiera existido.

Resuelto el problema, Lagarde apenas había tardado veinte minutos en averiguar quién había sido el agresor, y otros veinte en comprender que resultaría mucho más conveniente continuar ocultando la verdad.

Si el culpable confesaba, arriesgándose a pasar diez años sin pisar la hierba que parecía alimentar su diminuto cerebro, se vería obligado a indicar dónde había tenido lugar el crimen, lo cual complicaría aún más las cosas puesto que la ocultación de un cadáver significaba un delito.

Pero si le ayudaba, todos saldrían beneficiados.

La avaricia había hecho una vez más su aparición, y aunque admitía que la avaricia había sido siempre su peor consejera, decidió seguir adelante a la vista de los fabulosos contratos que Yukov aseguraba que se podían conseguir.

Una línea aérea, una marca de automóviles y una empresa de material deportivo aguardaban impacientes a que un botarate, maltratador y descerebrado, estampara su casi ininteligible firma al pie de un documento.

Así funcionaban las cosas en los tiempos que corrían, aunque no había grandes motivos para sorprenderse ya que su ópera preferida, *Carmen*, era un claro ejemplo de violencia de género, y de cómo una golfa redomada jugaba con los hombres hasta perderlos a todos y perderse ella misma.

Para Jean Paul Lagarde, El Convento no era un lugar al que se acudiera con el único fin de pasarlo bien y desahogarse, ya que estudiando la lista de clientes se llegaba a una interesante conclusión; la mayoría de los asiduos tenían entre cuarenta y cinco y cincuenta años y un gran número de ellos se había divorciado o separado en una o más ocasiones.

Se trataba sin duda de hombres ricos y con frecuencia poderosos, pero a los que el inconsciente advertía que se iban aproximando sin remedio al implacable espejo que devolvía la imagen que nunca hubieran deseado ver.

Entre los muros de El Convento, el miedo a un fracaso entre las sábanas tan solo era superado por el terror que producía pensar en el miedo a un fracaso entre las sábanas.

Muchos llegaban ya fracasados y en busca de una redención que tan solo encontraban en manos de mujeres tan experimentadas como Lady Ámbar, Caribel, la Pequeña Ibis o la exótica Etuko, una japonesa que jamás se ponía en pie cuando se encontraba en su dormitorio.

Por desgracia Lady Ámbar se había retirado y la pelirroja nunca volvería, por lo que cada día resultaba más difícil encontrar pupilas que fueran a la vez amantes, hermanas, confesoras y casi consejeras matrimoniales.

Por el mundo pululaban millones de prostitutas de altos vuelos que anhelaban trabajar en El Convento, pero a la persona encargada de contratarlas entrevistando a diario a candidatas de notable apariencia le resultaba casi imposible encontrar en ellas el sutil «toque de distinción» que las hacía merecedoras de su propia *suite* en un último piso al que tan solo podían acceder quienes ellas decidieran y por un ascensor privado.

Haber sido Miss Universo o portada de *Playboy* no bastaba si se carecía de aquella especie de «fotogenia sin cámara» que las hacía destacar al primer golpe de vista.

Pese a continuar escaso de personal «fuera de serie» las cosas habían ido razonablemente bien hasta que Mijail Yukov le notificó que además de asesino, aquel cretino era alcohólico.

Sabía cómo tratar a los cretinos, pero nunca había aprendido a tratar a unos alcohólicos que pronto o tarde acababan por irse de la lengua, y si Roman Luchinsky se iba de la lengua, todos sus esfuerzos habrían sido en vano.

X

Se hurgó la muela antes de comentar, señalando el viejo libro que descansaba sobre la mesa:

—Lo he estudiado a fondo —dijo—. Y creo que, en efecto, el riesgo es grande.

—Si no lo fuera no estaríamos aquí.

Aquella era la respuesta que cabía esperar de una Silvana Sterling-Harrison que no tenía por costumbre subirse a un avión para venir a verle a no ser que resultara imprescindible.

—Lo sé, pero visto lo visto necesito tiempo para evaluar la situación, consultar con mis colaboradores, determinar qué materiales harían falta y comprobar que el trabajo puede llevarse a cabo sin acabar bajo tierra... —hizo una significativa pausa—, y eso cuesta dinero.

Como siempre la maldita arpía iba directa al grano:

—¿Cuánto?

—El diez por ciento. Y un mes de plazo.

—Me parece justo.

Ni pestañeaba, ni se tomaba un segundo para pensarlo.

—De acuerdo entonces; el día cinco le comunicaré mi decisión. —Arturo Fizcarrald hizo una nueva pausa antes de añadir con una amplia sonrisa—: ¡Por cierto! No es necesario que me explique cómo se las arregla para llevar adelante sus asuntos sin necesidad de ordenadores.

—¿Ah sí...? ¿Y cómo lo hacemos?

—Utilizando ordenadores.

—Suena a contrasentido.

—Pero tiene sentido... —le hizo notar sin dejar de sonreír—. Como a menudo les envío correos electrónicos, deduzco que cuentan con ordenadores conectados con el exterior pero a los que han desprovisto de memoria.

—Veo que va por buen camino.

—Supongo que tan solo son capaces de recibir un único mensaje que queda impreso, sus expertos lo analizan y tan solo cuando comprueban que no significa una amenaza introducen el texto en una batería de ordenadores «internos» que no están conectados con el exterior... —El padre de una criatura a la que consideraba deleznable asintió repetidas veces en señal de admiración—: Un trabajo cuidadoso y digno de respeto.

—Por eso cobramos lo que cobramos —le hizo notar su visitante—. Los piratas informáticos no pueden entrar en nuestros archivos porque no encuentran ni «puertas» ni «ventanas». Por no encontrar no encuentran ni siquiera teléfonos ya que no hay líneas y los móviles están prohibidos. Toda la documentación comprometedora se realiza a mano y jamás sale de las cajas fuertes.

—Me alegra saber de que aún quedan lugares en los que las cosas se hacen con parsimonia, se disfruta de una cierta privacidad y está a salvo de tanta máquina. Ya no parecemos seres humanos; parecemos robots teledirigidos por teléfonos móviles.

—Yo no los uso... —señaló Sterling-Harrison, abriendo las manos como si pretendiera demostrar que no ocultaba nada en ellas—. Estaba harta de que me rastrearan como si fuera un...

Le interrumpieron unos discretos golpes en la puerta y cuando al poco se abrió hizo su aparición la cabeza de Bárbara Fizcarrald, que inquirió con un tono de humildad inhabitual en ella:

—¿Puedo pasar?

—¡Naturalmente, cariño! —señaló su marido, esforzándose por no evidenciar su profundo desagrado por tan molesta interrupción—. Ya conoces a Silvana.

La impresentable recién llegada, siempre altiva y descarada, se comportaba como un cordero, y tras saludar con lo que podría tomarse por una reverencia, tomó asiento mientras señalaba:

—Sí, claro, y por eso he venido; me gustaría consultarle algo porque tengo un grave problema y tal vez podría aconsejarme.

—Usted dirá.

—Hemos organizado una gran ceremonia con motivo de la boda de nuestra hija, hemos alquilado un castillo que nos cuesta un pastón y...

—¡Pero, querida...! —se indignó don Arturo—. Ese no es un tema en el que Silvana...

—Permítale continuar... —le atajó la aludida—. ¿En qué puedo ayudarle?

—En que hemos cursado trescientas invitaciones rogando que confirmaran su aceptación antes del lunes, y de momento tan solo hemos recibido unas cuarenta respuestas afirmativas.

—¡Vaya por Dios! Resulta inquietante.

—Y la mayoría proviene de la familia del novio. La pobre Sue está desolada.

—¡Pero, Bárbara...! —volvió a la carga su marido.

—La culpa es tuya que nunca quieres relacionarte con nadie. Hasta tus compañeros de póquer se han disculpado.

—Menudo papelón harían.

—Papelón o no para eso están los amigos. ¿De qué nos sirve ser ricos si siempre estamos solos? —Se volvió a quien no sabía si compungirse o echarse a reír con el fin de suplicar—: He pensado que usted, que conoce a tanta gente, podría enviar algunas invitaciones añadiendo una pequeña nota de ánimo. Le garantizo que habrá de todo: champán, ostras, caviar, dos orquestas... ¡Lo pasarán de puta madre!

El abochornado Arturo Fizcarrald dudaba entre lanzarle el pisapapeles a la cabeza o meterse bajo la mesa, y tuvo que ser Sterling-Harrison quien le calmara con un imperativo gesto de la mano.

—No se sulfure... —pidió—. Entiendo la situación porque sé cómo se comportan quienes creen que pertenecen a otra estirpe, despreciando a quienes se han hecho a sí mismos, y no me cabe que usted es de esos... —Su mano izquierda, o su descaro, no tenían límites, y en aquellos momentos parecía disfrutar haciendo una exhibición de sus múltiples recursos, por lo que se tomó el tiempo necesario para que sus palabras causaran el efecto deseado antes de concluir—: Estoy a su entera disposición y creo que puedo garantizarle cincuenta invitados de calidad.

La atribulada madre dudaba entre arrojarse a sus pies o besarle las manos, pero se limitó a abandonar la estancia a toda prisa, ansiando darle la buena nueva a su hija mientras repetía una y otra vez:

—¡Cómo se lo agradezco! ¡Cómo se lo agradezco! ¡Cómo se lo agradezco! Ahora mismo le traigo las invitaciones.

Quien la aborrecía hasta límites irracionales lanzó un sonoro reniego antes de inquirir:

—¿De verdad va a hacer eso?

—Yo nunca prometo lo que no puedo cumplir.

—Se arriesga a perder un montón de amigos.

—No se preocupe; me sobran amigos. —Su aspecto recordaba más que nunca al del ave de presa posada en una rama al susurrar como si le estuviera revelando un peligroso secreto—: Y viví casi un año con un productor de cine que me proporcionará los «invitados» que me falten.

—¿Figurantes...?

—Querido amigo... —sentenció ella—. Un buen figurante suele hacer el papel de rey mejor que la mayoría de los reyes, que por lo general se comportan como auténticos palurdos. Tuve un largo romance con uno que se tiraba pedos y eructaba.

Nadaron en la piscina, le ayudó a secarse, y mientras empujaba la silla hacia la casa, inquirió como sin darle importancia:

—¿Qué sabes sobre el caucho?

Cabría imaginar que el sabihondo muchacho tenía

en la punta de la lengua las respuestas incluso antes de que le hubieran formulado las preguntas:

—¿Sobre el caucho o sobre los neumáticos de caucho?

—Ambos a dos.

—Te ha sobrado el «a dos», pero te lo perdono si me cuentas a qué viene todo esto.

—Si te lo contara, la mitad tendría que ser mentira y no me gusta mentirte.

Jonathan giró la cabeza y alzó la vista con el fin de mirar directamente a los ojos a quien consideraba casi su hermana.

—Tú nunca me has mentido... —puntualizó—. A veces guardas silencio, que es muy distinto, pero casi siempre adivino cuánto hay de cierto o falso detrás de ese silencio. Cuéntame lo que quieras, el resto te lo callas y deja que sea yo quien saque las conclusiones.

—¿Y si resultan falsas? —inquirió retadora.

—Las cambio —replicó el chicuelo con absoluto descaro—. Si no puedes sacar conclusiones, te quedas como estabas, pero si sacas conclusiones falsas y reflexionas sobre ellas estás más cerca de llegar a la verdad.

Caribel le colocó frente al ordenador, tomó asiento sobre la mesa y le propinó un cariñoso coscorrón mientras comentaba fingiéndose molesta:

—¿Sabes lo que te digo...? Que a veces te comportas como una mosca cojonera demasiado lista incluso para mí, que presumo de serlo. Lo único que te he pedido es información sobre el caucho.

—¿Y los neumáticos...?

—¡Qué pesado...! «Ambos a dos.»

Jonathan comenzó a teclear mientras comentaba:

—Desde que te fuiste estuve buscando cuanto se ha escrito sobre el caucho, que es mucho, y me llamó la atención el relato de un viajero del siglo pasado...

Giró la pantalla de forma que quien se sentaba sobre la mesa pudiera leerlo con comodidad:

—Fíjate en la última parte; es muy curiosa...

Hubo un tiempo en que Manaos no era más que un villorrio que hundía los pilotes de sus casas de madera en el fondo de la confluencia de dos ríos, y nada hubiera sido más que eso, si en 1893 Charles Goodyear no hubiera descubierto que el caucho, combinado con azufre, resistía tanto las bajas temperaturas como las altas, por lo que el mundo empezó a pedir caucho pese a que el árbol que lo proporcionaba no crecía más que en las selvas amazónicas.

Aventureros y desesperados llegaron desde los cuatro puntos cardinales dispuestos a extraer hasta la última gota de aquella resina blanca y elástica, y lo hicieron con tal ímpetu que, al poco tiempo por Manaos corrían ríos de oro, lo que la convirtió en la ciudad más rica de América y casi del mundo.

El caucho creó excéntricos millonarios, que hicieron levantar allí, sobre la más orgullosa colina de la selva, el más orgulloso de los teatros, decorado con panes de oro, espléndido y absurdo, como absurdo podía pensarse que fue traer desde Inglaterra —transportándolo en cuatro viajes, de la primera a la última piedra— el enorme edificio de la aduana que aún domina la entrada de la ciudad.

En las afueras rugían los jaguares pero en su centro un enloquecido cauchero mandó construir una fuente de la que manaba champán francés, y las más famosas compañías de ópera llegaban hasta allí, a mil quinientos kilómetros del mar con el fin de deleitar a los nuevos millonarios.

De una de esas compañías murieron ocho de sus doce componentes, pero eso no impedía que otros acudieran, pues en ningún lugar del mundo se podía ganar tanto en un mes como en Manaos en una sola noche.

Era la pequeña París de la selva y soñaba con ser tan famosa como la auténtica, sin saber que un tal Vickham había reunido un saco de semillas del árbol que manaba dinero y exponiéndose a ser ahorcado logró enviarlas a Londres y de allí a Java.

Pronto las plantaciones del Sudeste Asiático superaron el rendimiento de los salvajes árboles amazónicos y de Manaos tan solo quedó el teatro, la catedral, la aduana, cuarenta palacios en ruinas y miles de víctimas de las serpientes, los jaguares, los caimanes, las pirañas, la fiebre amarilla, la disentería y el tifus, sin contar las flechas envenenadas de los indios y las lanzas de los cortadores de cabezas.

Tantos llegaron a ser los muertos que durante los cuatro meses de lluvias torrenciales ni siquiera se les concedía sepultura debido a que la tierra arcillosa no permitía cavar tumbas; a las primeras paladas se inundaba convirtiendo el suelo en un lodo rojizo.

En el corazón de los tupidos bosques apenas se encontraban piedras, por lo que dejar el cadáver allí, echándole fango encima, significaba que a su hedor acudirían los pumas, los jaguares o los caimanes, y a nadie le apetecía dormir en semejante compañía.

Tampoco se les podía incinerar puesto que la leña estaba empapada, y cuentan que fue un maestro peruano que había llegado en busca de fortuna quien tuvo una idea que acabó extendiéndose.

Al parecer sabía que un insecto atrapado en una gota de resina jamás se corrompe, por lo que optó por la, en cierto modo, sensata solución de cubrir al muerto con lo único que tenía a mano: caucho.

En cuanto concluía de envolver un cadáver ya no hedía y ni siquiera atraía a las moscas, por lo que se limitaba a dejarlo bajo un cobertizo y meses después, cuando cesaban las lluvias y había reunido media docena de cuerpos, los amontonaba formando una pira junto a la que rezaba un breve responso.

El caucho ya seco tardaba en arder pero cuando prendía resultaba casi imposible apagarlo y alcanzaba tales temperaturas que de los difuntos apenas quedaba un puñado de cenizas.

—Sí que es curioso —admitió Caribel al concluir la lectura.

—¿Te sirve de algo?

—Tengo que pensarlo...

—Piénsalo en voz alta.

—Si algún día pensara en voz alta acabaría en el fondo de un pozo —le hizo notar ella, y resultó evidente que quería cambiar de conversación porque sin venir a cuento señaló el título de un grueso manuscrito que se encontraba tras el ordenador—: ¿Qué es esto?

—Una tontería que estoy escribiendo.

—¿Y de qué va?

—Ya te he dicho que es una tontería... —insistió el muchacho visiblemente molesto.

Caribel ojeó el manuscrito, lo sopesó, y volvió a dejarlo donde estaba al tiempo que comentaba:

—Pues para ser una tontería le has dedicado mucho tiempo. ¡Cuéntame de qué va!

Jonathan dudó, tal vez porque se avergonzaba de «su obra» o tal vez en el fondo le apetecía hablar de algo a lo que, tal como ella dijera, le había dedicado mucho tiempo.

—¿Prometes no reírte?

—Eso depende...

—Está bien... Es la historia de un viejo que vive solo en una granja y su gran deseo es venderla con el fin de mudarse a la residencia en la que está internado su mejor amigo.

—De momento no es como para reírse.

—Eso depende... —fue, la en este caso, extraña respuesta—. Cuando ya tenía apalabrado un comprador decidió limpiar el desván y en el interior de una maleta descubrió una carta de su abuela, en la que confesaba que había tenido una aventura con un forastero llegado de otra galaxia que al regresar a su planeta le había dejado como recuerdo la capa con la que volaba.

—Algo cándida la abuela... ¡Digo yo!

—Desde luego, pero en el fondo de la maleta había una enorme capa por la que no parecía haber pasado un siglo. Al viejo le picó la curiosidad, se la puso, se contempló en un espejo y se sintió ridículo, pero al poco advirtió que dejaba de dolerle la espalda y movía tres dedos que hacía años que permanecían engarfiados por la artritis. Max, le he llamado Max en honor a mi tío, que murió en Vietnam y era un fanático de los cómics...

—No sabía que tu tío hubiera muerto en la guerra.

—¿Qué guerra...?

—La de Vietnam.

—¿Acaso todos los que se mueren en Vietnam tienen que morir en una guerra? —fue la espontánea pregunta de una lógica aplastante.

—No. Supongo que no.

—Max murió de insolación.

—¿Bromeas...?

—¿Me crees capaz de bromear sobre la muerte de mi único tío? Le quería mucho, y como te iba diciendo era un fanático de los cómics que leíamos juntos.

—¡Vaya! ¡Lo siento! —se disculpó ella—. Continúa con lo del viejo.

—De acuerdo, pero no me interrumpas porque pierdo el hilo —le advirtió—. El caso es que al descubrir que podía mover los dedos, intentó levantar un candelabro y lo consiguió sin el menor esfuerzo pese a que minutos antes le habría resultado imposible. Fue entonces cuando exclamó: «¡Joder! Tan solo me faltaría volar.» Y en cuanto pronunció la palabra «volar» salió despedido por la claraboya arrastrando la capa.

—¿Arrastraba la capa, o la capa le arrastraba a él?

—Eso nunca lo he tenido muy claro, ya ves tú

—reconoció el muchacho sin el menor reparo—. ¿Acaso importa?

—¡No! No creo que importe... —comentó ella al tiempo que se ponía en pie de un salto, se colocaba el manuscrito bajo el brazo y se encaminaba a la salida—. Y como ahora tengo cosas que hacer me lo leeré con calma.

—¡Pero si es una tontería...!

—Por eso mismo: necesito dejar de pensar en tantas cosas serias...

XI

Necesitaba dejar de pensar en tantas cosas serias, pero por desgracia demasiadas «cosas serias» habían irrumpido en su vida y no parecían querer marcharse sino más bien acumularse.

Lo que Jonathan le había dado a leer, sobre cómo evitaban los caucheros que los cadáveres de sus compañeros atrajeran a las bestias convirtiéndolos en humo y cenizas, la obligaba a suponer que tal vez aquel sería el destino de quien había sido asesinada al otro lado de la pared de su cuarto de baño, por lo que en cierto modo se sentía tan culpable como quienes la arrojaron al vertedero.

Y por la misma razón: el dinero.

Cabía disculparse alegando que no había gritado por miedo, pero sabía mejor que nadie que la raíz de su miedo era económica.

Aunque no la hubieran encarcelado o deportado, el simple hecho de poner en peligro la existencia de El

Convento ponía a su vez en peligro su futuro, puesto que yendo por libre jamás alcanzaría las metas que se había propuesto.

Lejos del prostíbulo más selecto de Europa nadie, ni siquiera la mítica Lady Ámbar, hubiera sido capaz de amasar, año tras año, más de un millón de euros libres de impuestos.

Y eso era mucho dinero.

Algunos de sus «asiduos» no alcanzarían tales cifras a no ser que tuvieran buenos amigos en las agencias tributarias —y aun así andarían siempre con el alma en vilo—, mientras que a ella nadie le había pedido nunca una factura.

La gran diferencia estribaba en que la mayoría de ellos seguiría ganando millones durante años, mientras que ella disponía de un tiempo limitado hasta la ineludible llegada de su jubilación definitiva.

Aunque tal vez podría anticiparla; tal vez lo justo y lo decente sería abandonar la profesión, acudir a la policía y contar que al otro lado del río y dentro de un neumático de tractor encontrarían un cuerpo «empaquetado» al estilo de los buscadores de caucho de la cuenca amazónica.

Y que probablemente no sería el único.

Si alguien había sabido cómo deshacerse con tanta rapidez de un cadáver tan comprometedor debía de ser porque sabía cómo hacerlo.

Aquel silencioso y siniestro cementerio de neumáticos llevaba allí más de medio siglo, y a lo largo de medio siglo desaparecía mucha gente.

Recordaba haber leído la estremecedora biografía de un sicario a sueldo de mafiosos neoyorquinos que conservaba sus víctimas en neveras con el fin de descongelarlas y arrojarlas a una cuneta años más tarde. De ese modo la policía no conseguía determinar la fecha en que se había cometido el crimen, por lo que actuó impunemente hasta el día en que, casi dos décadas más tarde, calculó mal el tiempo de descongelación, un cuerpo apareció demasiado rígido y los forenses descubrieron el truco.

Ya en la cárcel confesó haber asesinado a casi doscientas personas y cuando se encontraba a punto de morir admitió que se sentía muy orgulloso por el hecho de haber engañado durante tanto tiempo a la policía basándose en una simple premisa: hasta que no aparece un cadáver no suele iniciarse una investigación a fondo puesto que los desaparecidos pueden aparecer.

La desaparición de Ibis no parecía ser fruto de la improvisación, sino el meticuloso trabajo de profesionales, debido a que encajado en una rueda cubierta por cientos de ellas, un cadáver tan bien envuelto en plástico que ni las moscas consiguieran detectarlo se encontraría más seguro que en una nevera industrial o la caja fuerte de un banco.

El día en que siguió al camión se había aproximado al borde del barranco, y fue entonces cuando advirtió que las rocas y las hojas de los matojos se encontraban recubiertas de un casi impalpable polvillo que irritaba los ojos.

Siempre había considerado que tenía buen olfato, pero no consiguió determinar a qué olía exactamente; tan solo lo podría describir de una manera; hedía a rueda sucia y vieja, aunque algún pretencioso cocinero se apresuraría a añadir que había sido sazonada con una pizca de azufre y una ligera reducción de grasa de motor.

Horrendo lugar era aquel para descansar eternamente y al que nadie se le ocurriría acudir a depositar unas flores o rezar una oración en memoria de un difunto.

Cuántos vertederos semejantes habría en el mundo y cuántos restos de desaparecidos sin nombre ocultarían era una pregunta que pocos se habrían hecho y pocos querrían hacerse, pero Caribel tenía muy presente que si los restos de Ibis estaban entre ellos, gran parte de la culpa era suya.

Trató de buscar consuelo en una idea muy simple; dado que nunca podría haber evitado la muerte de su amiga y ya era demasiado tarde para arrepentirse, quizá lo ocurrido fuera de utilidad, siempre que no volviera a ser cobarde.

Con la caótica avalancha de refugiados que había invadido Europa, miles de niños víctimas de los pederastas se encontraban en paradero desconocido, poco se volvía a saber de ellos y sus cuerpos rara vez aparecían.

¿Cuántos podrían estar haciéndole compañía a la Pequeña Ibis?

Tal vez su trágica muerte serviría para que quienes abusaban de niños dejaran de actuar impunemente, y sería justo puesto que al fin y al cabo en cierto modo la jovencísima pelirroja también había sido víctima de los seres más despreciables que existían sobre la faz de la tierra.

Lady Ámbar, que los odiaba a muerte y parecía tener un olfato especial a la hora de detectarlos por mucho que alardearan de mujeriegos, opinaba que merecían ser castrados en las plazas públicas desde el mismo momento en que hacían su aparición los primeros síntomas de su depravación, ya que no solían tener remedio y con el paso del tiempo se convertirían en seres malignos, retorcidos y capaces de cometer los peores crímenes sin el menor remordimiento.

A solas en la bañera no podía por menos que plantearse la posibilidad de estar convirtiéndose en una paranoica, pues no contaba con una sola prueba que confirmara que el cuerpo de Ibis había ido a parar al vertedero.

¿Cómo demostrarlo?

La única forma era acudiendo a la policía, pero eso significaba atenerse a las consecuencias.

Había caído en una trampa.

De un lado se encontraban su rabia y su sentido de la justicia, y del otro su seguridad y su futuro.

Cuando la cabeza parecía a punto de estallarle —y ocurría cada vez más a menudo—, se refugiaba en la lectura de las andanzas de un viejo dotado de curiosos poderes que había decidido no utilizar contra los delincuentes comunes, sino contra quienes provocaban que esa delincuencia fuera cada vez más común.

El primer paso del astuto Max había sido desconectar las centrales nucleares de la red eléctrica y sustituirlas por un jirón de la capa que al parecer poseía la suficiente potencia como para abastecer de forma gratuita a millones de hogares.

Su segunda hazaña fue jugar con los satélites militares golpeando los de un país contra otro, con lo que sobrevenía un caos que hacía imposible lanzar un misil, despegar un caza o sacar de puerto un submarino nuclear.

Y su tercera ocurrencia fue limitar el tiempo de transmisión de los móviles a dos horas diarias con objeto de procurar que las personas volvieran a relacionarse entre sí con una cierta normalidad.

La reacción de quienes sabían que sin controlar la

energía, las armas y las telecomunicaciones dejaban de controlar el mundo había sido brutal, poniendo a la comunidad científica y las fuerzas del orden, no al servicio de quienes consideraban que se iniciaba una nueva era de paz y prosperidad, sino de quienes pretendían que todo siguiera igual.

Se inició una implacable caza de los «subversivos que intentaban minar los cimientos de la civilización», sin que a nadie se le pasara por la cabeza que no se trataba de una organización terrorista internacional, sino de un achacoso campesino que cuando no cargaba con su capa tenía serios problemas a la hora de conducir su desvencijado tractor desde su destartalada granja hasta una apacible residencia en que pasaba las tardes jugando al parchís con un amigo de la infancia.

El divertido relato, que rozaba los límites de lo alucinante, consiguió abstraerla de sus preocupaciones a tal extremo que al siguiente jueves, cuando recibió la puntual visita del fiel Gregori, no pudo por menos que suplicarle que le diera su opinión sobre lo que acababa de leer.

El curtido editor aceptó el encargo con la resignación propia de quien lleva treinta años respondiendo a cientos de aspirantes a escritores que «su novela era literariamente correcta y el argumento interesante» pero que, por desgracia, su temática no estaba en la línea de lo que solía publicar.

Al jueves siguiente y a la hora de todos los jueves, Gregori atravesó el umbral del dormitorio con el entusiasmo que le caracterizaba, pero en lugar de saludarla con un beso y comenzar a desnudarse, se limitó a arrojar el manuscrito sobre la cama y comentar:

—Es genial.

El corazón de quien no recibía una buena noticia desde que había decidido convertirse en prostituta comenzó a latir con inusitada violencia:

—Te lo dije.

—Todos suelen decir lo mismo, pero en este caso tienes razón: es lo mejor que ha pasado por mis manos en años; original, divertido y con un gran trasfondo social.

—Es que Jonathan es la persona más culta que conozco.

—Pero se esfuerza por disimularlo, lo cual me sorprende porque la mayoría de los escritores pretenden demostrar que saben más de lo que saben.

—¿Te gustaría editarlo?

—Naturalmente, pero sobre todo me gustaría que escribiera una segunda parte con el mismo personaje.

Caribel dejó caer el albornoz e hizo un significativo gesto con el fin de que se aproximara:

—¡Ven aquí que hoy te mereces un trato especial!

—Primero la obligación y después la devoción —fue la respuesta que venía acompañada de una sonrisa—. ¿Crees que tu amigo estaría dispuesto a escribir una segunda parte?

—Seguro.

—¿Cómo lo sabes?

—Porque le obligaré a hacerlo.

—Me lo creo porque sé que siempre consigues que los hombres hagan lo que quieres.

—No siempre, y este caso no es lo que imaginas...

XII

Tras una exquisita cena en la que tampoco había reparado en gastos eligiendo lo mejor de cuanto podía comprarse en una ciudad en que había de todo, alzó su copa proponiendo un brindis:

—Por un día que pasará a la historia.

Jonathan, que la observaba con especial atención puesto que desde que llegara la había notado exultante y más vitalista que de costumbre, inquirió con una malévola sonrisa:

—¿Qué ocurre...? ¿Te han ascendido o vas a casarte?

—Querido... —fue la inmediata respuesta—. A mí ya no hay quien me ascienda en mi trabajo... —Hizo una brevísima pausa para añadir mientras le sacaba la lengua—: Ni hay quien me «cace».

—Entonces debe de ser que te ha tocado la lotería.

—Más o menos. Pero no a mí, sino a ti.

Depositó la copa sobre la mesa, y muy lentamente, regodeándose en lo que hacía y en la reacción que iba a provocar en los presentes, extrajo del bolso una carpeta que abrió sobre el mantel.

—¡Tatatachán...! —exclamó como si estuviera haciendo las funciones de presentadora de circo—. Señoras y señores, helo aquí, firmado y rubricado...

—¿Pero qué es? —quiso saber la madre del muchacho, a la que estaba poniendo nerviosa.

—Un contrato para publicar la novela de tu hijo.

Se hizo un silencio debido a que ninguno de los miembros de la familia estaba preparado a la hora de reaccionar ante tan inesperada y casi absurda noticia.

Se les diría en otro planeta y tuvo que ser la propia Caribel quien alzara el documento con el fin de agitarlo como si pretendiera obligarles a salir del estado de idiotez en que se habían sumido, al tiempo que añadía:

—Y por si no bastara, viene acompañado de un cheque de veinte mil euros.

—No me lo creo.

—Pues créetelo porque aquí está; pedí cincuenta mil pero acabé aceptando veinte porque se trata de un primer libro y hemos acordado que se los pagarán por el segundo.

Padre, madre e hijo se limitaban a mirar el contrato que movían ante sus ojos, y al fin el primero optó por estudiarlo con el aire de quien ha leído muchos.

—Parece correcto —dijo—. Pero no entiendo por qué tienen que utilizar el seudónimo de Markus Rigby.

—Porque la novela parece escrita por una persona de gran cultura y mucha experiencia.

—¿Y qué tiene eso de malo?

—Gregori opina que si lo publicara con el nombre de un muchacho que utiliza silla de ruedas creerían que no lo ha escrito él y que se trata de un truco publicitario.

—¡Pero lo ha escrito él...! —argumentó.

—Nosotros lo sabemos, pero los críticos, y muchos suelen ser escritores frustrados, pueden convertir en clamoroso fracaso lo que debe ser un gran éxito.

—No me parece justo. Jonathan se pasa horas estudiando y lo lógico es que...

—Escucha, querido —señaló una impaciente Caribel—. El segundo tomo lo publicarán con su nombre porque para entonces ya nadie dudará de su talento.

—Aun así...

Quien le interrumpió ahora fue su hijo.

—Me parece lógico y además no me apetece que vengan a hacerme fotos y preguntarme sobre mi enfermedad o el tiempo que creo que me queda por vivir. Jamás soñé con convertirme en escritor y con eso basta... —Se volvió a Caribel acariciándole la mano—. Me encanta la idea de convertirme en Markus Rigby y prefiero seguir siéndolo siempre.

De regreso a casa, sentada en el porche y fumándose el último cigarrillo de la noche, Caribel sonrió como si pudiera verse en un espejo y comprobar lo orgullosa que se sentía de sí misma.

Llevaba tiempo sin hacer nada por nadie, sus méritos se limitaban a tener un cuerpo perfecto y ser muy buena en la cama, pero ahora quedaba demostrado que años de esforzarse por conseguir hablar correctamente cinco idiomas, estudiar una carrera e intentar distinguir la buena literatura de la mala, habían producido sus frutos, puesto que desde el primer capítulo había intuido que la alucinante historia de un anciano que volaba, y que en ocasiones llevaba como pasajera a una cabra, tenía el encanto de los viejos relatos que nacían de la fantasía desbordada y no del oportunismo o los sondeos de mercado.

A menudo Gregori le había comentado que estaba harto de tener que ceñirse a modas que exigían relatos históricos, eróticos o terroríficos, y cada vez con más frecuencia las infumables «memorias» de los casposos personajes que habitaban en el hediondo cubo de basura de la televisión populachera o sus impresentables presentadores.

La novela de Jonathan era como una flor que hubiera decidido crecer entre la deprimente negritud de aquel cementerio de neumáticos en que tal vez se encontraba el cadáver de Ibis, y entendía muy bien que el muchacho hubiese decidido que prefería mantenerse en el anonimato.

Ella hubiera hecho lo mismo.

Para alguien que sabía que de pronto podía orinarse encima o temblarle compulsivamente las manos, debía significar un duro trance tener que enfrentarse a maliciosos extraños que no dudarían en afirmar que no valía la pena convertirse en escritor a semejante precio.

Pero el precio lo estaba pagando desde hacía años y aquella era una deuda con la naturaleza que jamás cancelaría.

Si la genialidad de Jonathan estaba motivada por las limitaciones que le había impuesto su enfermedad, o si la genialidad hubiera hecho su aparición de cualquier forma, era una pregunta a la que no sabría responder.

A punto ya de irse a la cama encendió la televisión con la casi morbosa costumbre de saber qué nuevos casos de corrupción se habían producido durante las últimas horas, y le sorprendió advertir que la mayoría de los canales dedicaban una extensa cobertura al trágico accidente que había acabado con la vida de Roman Luchinsky.

Su coche había caído al río, su cadáver había sido recuperado aguas abajo, y todo parecía indicar que conducía bajo los efectos del alcohol.

El mundo del fútbol —y el fútbol parecía monopolizar la atención del mundo— se encontraba en estado traumático, por lo que la mayoría de las cadenas conectaban en directo con todo aquel que tuviera conocimiento de la afición del jugador por la ginebra, hasta un periodista polaco afirmó enfáticamente que no se trataba de un accidente ya que según sus informantes había sido una forma de evitar que su club ganara la Copa de Europa.

El equipo que la ganaba solía recibir unos ingresos por publicidad, giras de partidos amistosos y derechos televisivos que se aproximaban a los mil millones de euros, y en su opinión el mundo del fútbol, que estaba podrido hasta la médula, acababa de cruzar las líneas de la corrupción y los amaños de partidos para pasar al terreno del crimen organizado.

La polémica estaba servida y aunque aquella constituía una acusación que según algunos rondaba la paranoia, caía en campo abonado porque algunos periodistas que no vivían del deporte parecían dispuestos a aceptarla.

Caribel se fue, por lo tanto, a dormir un tanto confundida aunque se despertó feliz en su amplia cama nunca compartida, se desperezó con los felinos movimientos de una pantera que se supiera lejos de cualquier peligro y disfrutó un rato de la más apreciada y exclusiva compañía —la propia—, sabiendo que no empezaría a trabajar hasta el atardecer.

Al cabo de un largo rato se duchó y se dispuso a desayunar mientras intentaba enterarse de cuanto de malo ocurría por un mundo en el que ya nunca parecía ocurrir nada bueno.

Dos canales continuaban concediéndole una especial cobertura al accidente de Roman Luchinsky, emitiendo en directo impactantes imágenes de cómo una gigantesca grúa extraía del agua un Ferrari amarillo que tras rodar casi cien metros por la empinada ladera y golpearse contra las rocas del fondo del río se había convertido en un amasijo de hierros.

Con el tazón de café a la altura de la barbilla contempló atónita los restos del vehículo.

La mente le dio vueltas, le tembló el brazo y parte del café se derramó sobre el mantel.

Lo conocía; lo había admirado en dos o tres ocasiones y recordaba haberlo visto atravesando el aparcamiento rumbo a la verja mientras fumaba en el balcón poco antes de encontrar el cadáver de Ibis.

Si no se equivocaba, y resultaba difícil equivocarse tratándose de un coche tan llamativo, Roman Luchinsky debía de haber estado aquella noche en El Convento pese a que no recordaba que ninguna de sus compañeras dijera que lo había visto.

Su imagen en ropa interior aparecía incluso en los laterales de los autobuses y si no le habían reconocido en el comedor ni en los salones debería de ser porque habría accedido a la habitación de Ibis por el ascensor privado.

¡Ibis!

La pequeña pelirroja jamás mencionaba a sus clientes exclusivos, del mismo modo que ella no mencionaba a los suyos, debido a que la discreción era una de las primeras normas de comportamiento a que debían atenerse las de su condición.

Recordaba que meses atrás el jugador había cenado en El Convento en compañía de compañeros de equipo, pero lo que no recordaba era si había solicitado o no la compañía de alguna de las chicas.

La suya no, desde luego.

Ella evitaba a «los famosos» porque cuantos estaban acostumbrados a «salir en los papeles» se consideraban merecedores de un trato especial sin tener en cuenta que a quien se abría de piernas le tenía sin cuidado que el dinero proviniera de hacer deporte, fabricar relojes, estafar incautos o amañar concursos públicos.

Era dinero y punto.

A sus ojos, la única diferencia entre Roman Luchinsky y Arturo Fizcarrald estribaba en que uno lucía abdominales y el otro barriga, pero ni los abdominales ni las barrigas le excitaban.

En realidad nada le excitaba.

Sin embargo, una vez concluido el trabajo, don Arturo era un hombre con el que valía la pena hablar, mientras que le aseguraban que el famoso futbolista era un zoquete.

Ni siquiera terminó de desayunar; el café se le había enfriado y ya no tenía apetito, por lo que se volvió a la cama a contemplar de nuevo el techo mientras intentaba poner en orden sus ideas.

Si, tal como empezaba a intuir, aquel malnacido había asesinado a su amiga, cabría suponer que el destino se había encargado de hacer justicia, aunque dudaba de que el destino fuera justo puesto que por lo general más bien solía ser injusto.

Tal vez no era cuestión de justicia más o menos divina; tal vez se limitaba a una cuestión económica ya que si se descubría que un futbolista había matado a una pupila de El Convento, sus propietarios, quienesquiera que fuesen, iban a perder mucho dinero.

No los mil millones que dejaría de ingresar un club de fútbol si no ganaba la Copa de Europa, pero sí una cantidad digna de ser tenida en cuenta.

Suponiendo, y en principio tan solo quería planteárselo como suposición, que el dueño del Ferrari fuera el culpable de la muerte de Ibis, más culpables venían a ser sus cómplices.

Y más despreciables.

Ella, que había sido la primera en llegar al dormitorio, admitía —aunque de mala gana— que podía tratarse de un crimen pasional, un arrebato de ira nunca disculpable pero sí comprensible, mientras que el comportamiento de quienes habían actuado con absoluta frialdad a la hora de ocultar un cadáver y tal vez provocar un accidente mortal se le antojaba imperdonable.

Una hora después atravesaba el umbral del milenario monasterio dispuesta a iniciar con aparente normalidad su jornada de trabajo, y cuando la italiana Angélica, a la que le apasionaba el fútbol, le preguntó qué opinaba sobre la muerte de Luchinsky se limitó a encogerse de hombros y señalar:

—No sé de qué me hablas... Acabo de levantarme.

—¡No es posible...!

—¿Y por qué no? Recuerda que Lady Ámbar recomendaba dormir doce horas para evitar que nos salgan arrugas antes de tiempo.

XIII

La vio llegar arrastrando la majestuosa cola de un precioso traje de un blanco impoluto, con un amplio velo que le concedía un aire angelical, y se sintió orgulloso de haber conseguido resistir casi siete mil días sin retorcerle el cuello.

Apenas le faltaban nueve metros para llegar al altar, y tan solo confiaba en que no se alzara el velo antes de haber escuchado el «sí quiero».

Gracias a Dios el muy cretino pronunció las satánicas palabras sin que le temblara la voz, y a partir de ese instante la responsabilidad de estrangularla pasó a sus manos.

Poco después llegó el momento de recibir las más que merecidas felicitaciones sin que la mayoría de cuantos le abrazaban emocionados imaginara hasta qué punto las agradecía.

Entre ellos destacaban Silvana Sterling-Harrison,

una docena de sus mejores amigos y un extenso grupo de figurantes, aunque ni él, ni nadie, sería capaz de determinar quiénes eran los auténticos millonarios y quiénes los auténticos muertos de hambre.

Bárbara se pasó la noche coqueteando con un sesentón que se había presentado como sir Walter Lexington, y que lo mismo podía ser un auténtico sire que había cazado tigres en la India, que un taxidermista en paro.

A don Arturo Fizcarrald le tenía absolutamente sin cuidado que se llevara a su mujer a la cama puesto que el gasto ya estaba hecho, y lo más sorprendente parecía ser que la fiesta estaba resultando un clamoroso éxito.

Tal como prometiera su ínclita esposa, la gente se lo estaba «pasando de puta madre» a base de champán, ostras, caviar, langostas y cuanto pudiera desear quienquiera que fuese sin tener en cuenta su origen o fortuna.

Incluso camareros, cocineros, aparcacoches y músicos comieron, bebieron, bailaron, cantaron y rieron hasta un amanecer en el que todos seguían siendo iguales, aunque los primeros rayos del sol alumbraron a unos más borrachos que a otros.

Los recién casados, que no habían querido perderse ni un minuto de la desmelenada juerga ni de la posibilidad de tutearse con tanto personaje ilustre o supuestamente ilustre, emprendieron el viaje de novios a media mañana, y tal como estaba previsto, Bárbara se fue con ellos.

Aprovechaba el vuelo con el fin de que el costosísimo aparato la dejara en Jordania y la recogiera a la vuelta gracias a que la feliz pareja tenía la intención de viajar durante dos semanas saltando de isla en isla por medio archipiélago de Indonesia.

Que su mujer se pasara ese tiempo bañándose en el mar Muerto y sometiéndose a un durísimo tratamiento de belleza consistente en cubrirse de barro de los pies a la cabeza presentaba dos ventajas: o volvía rejuvenecida, o no volvía.

Ambas resultaban alentadoras.

Por si todo ello no bastara disfrutaría de un monacal silencio e incluso podría invitar a Caribel a un merecido descanso en su discreto pabellón de caza.

Cuando acudió a despedir a Silvana agradeciéndole que hubiera conseguido convertir lo que amenazaba ser una jornada nefasta en una noche inolvidable, la mujer que anteponía los negocios a cualquier otra consideración le rogó que tomara asiento a su lado y, tras indicar al chófer que les dejara a solas, inquirió:

—¿Ha tomado una decisión?

Asintió convencido.

—La he tomado.

—¿Y sabe cómo hacerlo?

Don Arturo Fizcarrald tardó en responder al tiempo que lo observaba todo a su alrededor como comprobando que no se distinguía a nadie por las proximidades.

—A la hora de enfrentarse a problemas de tan especiales características, lo primero que se debe hacer es averiguar si existen precedentes que puedan enseñarnos algo, tanto en lo que se refiere a aciertos como a errores.

—¿Y existen?

—Existen.

—Me alegra oírlo aunque no es este el lugar, y sobre todo el momento, para hablar del tema porque me estalla la cabeza y aún tengo que ir a recoger a sir Walter, que no sé por qué diablos ha aparecido en el campo de golf y por lo que me cuentan apenas se mantiene en pie.

—¿Realmente es sir Walter Lexington?

—Lo es y por lo visto se lo ha pasado en grande. —Silvana Sterling-Harrison le golpeó cariñosamente el antebrazo al tiempo que añadía—: Y yo también aunque ahora el estómago me esté pasando factura. ¡Por cierto...! Su hija es encantadora.

—¡No me diga...!

Siempre había hecho cuanto Caribel le pedía sin preguntar por qué razón quería que lo hiciera, pero ahora que le había dado un giro de ciento ochenta grados a su destino, convirtiéndole de la noche a la mañana en Markus Rigby, estaba dispuesto a dar la vida con tal de complacerla.

Cuando alguien que, como él, contaba con infinidad de amigos en las redes sociales quería obtener información, la obtenía a raudales, por lo que no tardó en averiguar que Vulkhania formaba parte de la multinacional Martlimb, un conglomerado de empresas dedicadas a combatir incendios forestales, reciclar basuras, eliminar productos tóxicos y purificar aguas residuales en una docena de países.

Martlimb había sido fundada por el ya difunto Martin Limbaug «Primero», pero ahora era su nieto quien dirigía la empresa, por lo que el extenso y pormenorizado informe de Jonathan contaba incluso con un buen número de fotografías de Martin Limbaug «Tercero» en actos oficiales, fiestas mundanas y cenas benéficas a las que solía acudir más como vicepresidente de la federación nacional de fútbol, que como empresario de notable éxito.

Caribel le reconoció al instante porque le recordaba como una reluciente calva hundida entre sus muslos, y sobre todo como un excelente *gourmet* que pasaba muchísimo más tiempo en la mesa que en la cama.

Bebedor, vivvidor, cocainómano, despilfarrador y dueño de una incalculable fortuna, resultaba poco probable que tuviera algo que ver con la desaparición de una pequeña prostituta, pero estaba dispuesta a recorrer todos los caminos y llegar tan lejos como fuera posible sin tener que arriesgarse a interrogar al personal del prostíbulo.

A ratos se irritaba consigo misma por el hecho de estar obsesionándose con un tema que parecía irresoluble ya que quien cobraba lo que ella cobraba tenía la obligación de poner, no solo su cuerpo, sino sus cinco sentidos al servicio del cliente y había advertido que últimamente la calidad de sus «prestaciones» estaba disminuyendo.

Muchas chicas de prometedor futuro fracasaron por tener la mente en otra cosa, y en el momento de hacer el amor algunas incluso recurrían al peligroso truco de pensar en otra persona, con lo que a más de una se le había escapado un nombre inapropiado en un momento inoportuno.

Errores de ese tipo no se admitían en El Convento, del mismo modo que no se admitía que un camarero derramara la sopa sobre un comensal. Los problemas personales había que dejarlos al otro lado de la verja porque camareros y putas sobraban, pero El Convento era único.

Caribel sabía que había llegado el momento de tomar la decisión de olvidarse definitivamente de Ibis o implicar de una vez por todas a la policía, pero tal como suele ocurrir, las decisiones difíciles acaban por posponerse sin que se pueda hacer nada por evitarlo.

Entre sesión y sesión, y tras el acostumbrado baño, se sentaba en el balcón, y mientras fumaba observaba los coches que llegaban, tal vez conducidos por miserables maltratadores que en poco se diferenciarían de quien había acabado en el fondo de un río.

Le apetecía viajar a Varsovia y escupir sobre su tumba pese a que en su fuero interno anidase la certeza de que el polaco no había sido realmente un asesino, sino un pobre ceporro que no había sabido adaptarse a una forma de vida que le venía grande.

Hijo y nieto de mineros su futuro era ser minero, casarse con la hija de un minero y tener hijos llamados a ser mineros, pero en algún punto de ese duro y difícil viaje un balón se había cruzado en su camino.

Los balones de fútbol eran brillantes, llamativos y en apariencia inofensivos, pero hipnotizaban a millones de maníacos que cada semana disfrutaban o sufrían con sus idas y venidas.

Recordaba una impactante película ambientada en la América precolombina en la que ensangrentadas cabezas recién cortadas rodaban por las escalinatas de altas pirámides, acompañadas por los aplausos y el griterío de un populacho que corría a recogerlas exhibiéndolas como preciados trofeos.

Aborrecía los trofeos, y a menudo ella misma se

consideraba un trofeo debido a que cornudos a los que le había costado dios y ayuda conseguir que tuvieran una erección medianamente decente volvían al comedor pavoneándose como si acabaran de derrotar al mismísimo Aquiles.

Y su obligación era aceptar que la habían puesto de rodillas pese a que le dolieran las rodillas de tanto intentar que ondearan los mástiles de sus flácidas banderas.

Su oficio a veces era duro pero también a veces valía la pena, porque don Arturo acababa de ofrecerle una cantidad que cabría considerar «obscena» por pasar un fin de semana más largo de lo normal en Los Faisanes.

Y la cifra era en verdad «obscena» no solo por sus altos honorarios, sino porque a ellos debía añadirse lo que podría considerarse «lucro cesante propio», debido a los clientes que dejaría de atender durante esos cinco días, e incluso el «lucro cesante ajeno» que le correspondía al prostíbulo.

Su acuerdo con El Convento era muy claro; podía ausentarse cuando quisiera por un tiempo máximo de una semana siempre que cubriera las pérdidas que provocaba su ausencia, aunque lógicamente no contaban los tres días mensuales durante los que la madre naturaleza tenía la mala costumbre de no permitir que las hijas que le habían salido rameras trabajaran a pleno rendimiento.

A pesar de lo elevado de la suma, don Arturo había decidido asumirla con el fin de celebrar que el espinoso tema de la boda de su hija había sido superado con inesperada brillantez, y con un poco de suerte, Bárbara, que no sabía nadar, se ahogaría en el mar Muerto.

Aunque necesitaría mucha ayuda debido a que al parecer aquellas aguas eran tan saladas que la insoportable gordinflona hubiera flotado incluso con una piedra al cuello.

Por su parte Caribel aceptó la invitación por tres poderosas razones; la primera el dinero, visto que como don Arturo no exigía demasiado en la cama, ingresaría lo mismo con la décima parte de esfuerzo; la segunda por la posibilidad de ganar una apuesta, y la tercera porque realmente Los Faisanes le encantaba.

El acogedor pabellón que doscientos años atrás mandara construir un libidinoso marqués aficionado a dispararle a cuanto se moviera, especialmente si llevaba faldas, era un lugar aislado al que se llegaba por una estrecha carretera que, antes de internarse en el bosque, pasaba muy cerca del cementerio de neumáticos en el que tal vez descansara eternamente la Pequeña Ibis.

Se atravesaba luego un pueblecito famoso por sus iglesias y sus quesos, y a continuación se hacía necesario internarse en el bosque, ascendiendo unos diez kilómetros por un sinuoso sendero a menudo transitado por ciervos y jabalíes.

Caribel sabía por experiencia que don Arturo —tan rico él en vicios y defectos— no era, sin embargo, hombre al que le entusiasmara la idea de patear los montes por el mero placer de pegarle un tiro a bichos que no intentaban robarle ni estafarle, por lo que en realidad Los Faisanes tan solo era un reclamo con el que atraer a un cierto tipo de individuos que parecían experimentar orgasmos en cuanto amartillaban un arma o se colocaban una pluma en el sombrero.

Al parecer el instinto cinegético continuaba en los genes de muchos seres humanos, no solo por la ancestral necesidad de alimentarse, sino por la también ancestral necesidad de considerarse superiores al resto de las especies.

El astuto experto en delitos y corrupciones Arturo Fizcarrald llegaba a ser tan maquiavélicamente retorcido, que exigía al cocinero que durante las animadas cenas posteriores a la jornada cinegética sirviera a cada comensal la pieza que había cazado, afirmando que sabía mejor la que había sido abatida por mano propia que la abatida por un vecino de mesa.

XIV

Los guardeses, cuya vivienda se alzaba a la entrada de la finca, se ocupaban de las faenas de la casa, procurando que todo apareciese reluciente e impoluto, atentos siempre a cuanto necesitasen los señores pero manteniéndose en un discreto segundo plano, sabiendo que don Arturo era muy celoso de su intimidad.

Tan discretos, que ni siquiera sabían que tuviera una esposa y una hija puesto que Los Faisanes no era un lugar de reposo familiar, sino la guarida en la que se refugiaba un lobo solitario cuando planeaba un ataque, o el punto en el que convocaba a quienes debían colaborar en el asalto de un rebaño.

Dejando a un lado a los ruidosos cazadores que ensangrentaban los bosques cuando se levantaba la veda, en ocasiones acudían dos taciturnos personajes de los que cabría suponer que cada palabra que dijeran les costaba cien euros, y que quizá fueran hermanos o se esforzaban por parecerlo.

Llegaban a media mañana y se marchaban a media tarde sin pasar nunca una noche en la casa pese a que sobraran habitaciones, y también acudía de tanto en tanto una espectacular señorita que parecía querer rivalizar con los ciervos puesto que sus pezones apuntaban al cielo, cosa que desafiaba las más elementales leyes de la gravedad.

En cuanto su coche tomaba la última curva de la montaña don Arturo parecía transformarse, y la guardesa no lo achacaba únicamente a la fascinación de sus agresivos pezones o sus interminables piernas, sino que parecía ser la única persona del planeta que se atrevía a llevarle la contraria.

Pero en esta ocasión no llegó en su discreto monovolumen blanco de siempre, sino en un espectacular y rugiente descapotable rojo.

—Una apuesta es una apuesta —fue lo primero que dijo mostrándole a don Arturo la factura—. Si consideras que he ganado me la abonas, aunque de todas formas me lo quedo... ¡Es una gozada!

—Si te quieres quedar con el coche es cosa tuya, cielo —fue la fría respuesta—. Tu dinero te ha costado, pero te recomiendo que te pienses lo de seguir con la apuesta, porque «literalmente» te estás jugando el culo y yo puedo perdonar una deuda, pero nunca dejo de cobrar las apuestas.

—Sigues siendo un guarro.

—Eso ya lo sabías... ¿Qué tal el viaje?

—Hubiera sido mejor si asfaltaras los tres últimos kilómetros —fue la sincera respuesta—. Casi rozo las piedras.

—Es que esto es un coto de caza, no el paseo de los Ingleses que, por cierto, se está volviendo sumamente peligroso. Entre la barbarie de los fanáticos y la ineptitud de la policía ya no se está seguro ni en Niza.

Durante la cena —un espléndido bufete que los guardeses habían dejado preparado antes de retirarse— don Arturo se extendió hablando sobre la exitosa boda, así como de la paz interior que se experimentaba cuando el maloliente enemigo se encontraba a miles de kilómetros de distancia.

La última frase molestó mucho a Caribel.

—No creo que para ser tan rico sea necesario ser tan borde —le espetó malhumorada—. Como continúes hablando así de tu hija, me largo.

—¿Y de mi mujer...?

—Tampoco. Cuando yo esté delante quiero que las respetes aunque tan solo sea por pura ética profesional. O sea que cambiemos de tema y vayamos a algo que me interesa. ¿Conoces a un tal Martin Limbaug?

—Le conozco... —admitió de inmediato su interlocutor—. Y te aseguro que es un auténtico leproso mental.

—¿«Leproso mental»?... ¿Y eso qué significa?

—Que todo lo que piensa es dañino o está putrefacto. Y además su mal es contagioso.

—Curiosa descripción, vive Dios.

—La más amable que se me ocurre. —La observó inclinando la cabeza al inquirir—: ¿Te has acostado con él?

—A veces...

—¿Y aun así te atreves a darme lecciones de ética...?

—Acostarme con la gente es mi trabajo mientras que renegar o insultar a tu familia no es el tuyo —le recordó—. ¿Qué sabes de ese al que llamas «leproso mental»?

—Que acumula neumáticos usados para que le paguen por destruirlos, contamina ríos para que le paguen por limpiarlos y provoca incendios forestales para que le paguen por apagarlos.

—¡No te creo...!

—¿Pues si no me crees para qué preguntas? —La respuesta poseía una innegable lógica, pese a lo cual añadió—: Es uno de los cabecillas de la Mafia del Fuego.

—¿Qué es eso?

—La asociación de los que se benefician de los incendios forestales. También gana mucho almacenando ilegalmente productos cancerígenos... —Se tomó un tiempo antes de añadir—: Y de eso tengo pruebas.

Ella dejó los cubiertos sobre el mantel y apartó el plato como si de improviso hediera:

—¿Tienes pruebas de que alguien almacena productos cancerígenos y no lo denuncias?

—¿Y por qué diablos debería denunciarlo?

—Por civismo.

—Civismo es recoger la caca del perro o no tirar colillas en la calle, querida, no buscarte problemas. Si nos dedicáramos a denunciarnos los unos a los otros todos saldríamos perdiendo. Yo no me meto en los asuntos de nadie que no se meta en los míos, y si tengo pruebas de un delito las utilizaré para defenderme en caso de necesidad, no para atacar si no lo considero imprescindible.

—A veces llegas a ser repugnante.

—¿Ves...? Esa es una de tus grandes virtudes; tan solo te resulto repugnante a veces, mientras a la mayoría de la gente le resulto repugnante a todas horas.

Quien compartía su mesa sabía muy bien que a partir del momento en que don Arturo Fizcarrald adoptaba aquella cínica actitud, toda discusión debía darse por perdida debido a que nada parecía ofenderle y ni las palabras ni los argumentos le inmutaban.

Tal norma de comportamiento poseía una cierta lógica; cuando a Caribel le llamaban puta no reaccionaba puesto que ciertamente lo era, y cuando a él le llamaban alimaña carroñera se lo tomaba con calma ya que lo era.

En el ambiente en que se movía Arturo Fizcarrald y tratando con la clase de gente que trataba, las pruebas de un delito ajeno no debían considerarse un arma sino moneda de cambio que guardar para los días difíciles, dado que entre los de su clase existía una especie de pacto de «no agresión».

Vivir y dejar vivir.

No obstante, cualquier suma empleada en conseguir información sobre actividades delictivas, especialmente cuando involucraba a políticos, no se consideraba gasto superfluo y se cargaba al capítulo de «seguridad» debido a que demasiado a menudo la seguridad futura dependía de la inseguridad del enemigo.

Y es que la delicada ciencia del soborno no debía limitarse al hecho de obtener beneficios recalificando terrenos o amañando licitaciones; el verdadero fin del soborno consistía en atrapar para siempre al corrompido obligándole a seguir tomando parte en un juego en el que continuamente iban subiendo las apuestas.

Tras un corto silencio durante el que Caribel sopesó la posibilidad de marcharse por donde había venido utilizando el precioso coche en que había llegado, acabó por reconocer que sabía a lo que había ido y su obligación era quedarse porque si pretendía destruir a gente sin escrúpulos tenía que recurrir a gente sin escrúpulos.

Y en tan enfangado campo de batalla el dueño de Los Faisanes seguía siendo el rey.

—¡De acuerdo! —dijo al fin mientras encendía un

cigarrillo, con lo cual parecía querer indicar que daba por concluida la cena—. Creo que lo mejor que podemos hacer es dejar de andarnos por las ramas ya que estoy dispuesta a ayudarte en lo que te propones, siempre que estés dispuesto a ayudarme en lo que me propongo.

—Me parecería una sabia decisión siempre que supieras qué es lo que me propongo, cosa que dudo —fue la burlona respuesta—. Pero si pretendes seguir adelante, primero tienes que ser tú quien me diga qué es lo que te propones.

—Encerrar de por vida a Martin Limbaug.

—Dura tarea es esa; dura y tremendamente peligrosa. ¿A qué viene tanta inquina?

Le contó cuanto había ocurrido desde el momento en que escuchó un golpe en la habitación vecina, debido a que era casi la única persona que entendería las razones por las que había continuado luchando por conseguir que se hiciera justicia.

La reacción fue digna de quien había escuchado en absoluto silencio:

—Querida mía; lo que acabo de oír me conmueve pero creo que ayudarte por el simple hecho de hacer justicia sería un error, ya que si en el mundo imperara la justicia yo no estaría aquí. —Hablaba en el tono de quien comenta que no era buena época para cazar venados—. No obstante, admito que en torno a esa macabra historia de tu amiga se mueven muchos intereses, lo cual me obliga a pensar que tal vez valdría la pena echarte una mano —afirmó un par de veces con la cabeza como si le agradara la idea al puntualizar—: Creo que nos ha caído del cielo un fabuloso negocio.

Caribel se quedó como si le hubiera fulminado un rayo hasta que advirtió que se estaba quemando los dedos, por lo que apagó con rabia la colilla.

—¡Increíble! —acertó a mascullar indignada—. Eres realmente increíble.

—¿Por qué, preciosa? Si metieras en la cárcel a ese hijo de la gran puta, lo único que obtendrías sería una transitoria satisfacción moral que no rinde beneficios, pero si a la citada «satisfacción moral» se le añaden veinte millones de euros la cosa adquiere otro cariz.

—¿Veinte millones de euros? —repitió su asombrada interlocutora—. ¿Por qué veinte millones?

—Por decir una cifra redonda... —puntualizó don Arturo tras dedicar unos segundos a introducir la lengua en el hueco de la muela—. Puede que fuera algo más, o puede que fuera algo menos, pero si tu teoría sobre ese vertedero es correcta y se utiliza para ocultar cadáveres, Martin Limbaug «Tercero» tendrá que pagar lo que le pidamos.

—¿Estás hablando de chantaje? —inquirió una Caribel cada vez más incrédula.

—No, querida; estoy hablando de negocios, aunque en ocasiones suene parecido. Cuando cometes un delito grave, y sin duda ocultar cadáveres lo es, acabas teniendo dos opciones: o pagas tu deuda a la sociedad, o se la pagas a un privado, que suele ser mucho más flexible y comprensivo.

—Cuanto más te conozco, más me asombras.

—¿A que sí...?

—¿Es que no tienes límites?

—¿Y para qué los necesito? —quiso saber quien ahora le cortaba la punta a un habano y se disponía a encenderlo—. He formado una familia vomitiva a la que acaba de sumarse un marsupial impresentable, nunca he tenido amigos y la única persona con la que me siento a gusto es tan «profesional» que me cobra «lucros cesantes» por cada mentecato con el que deja de acostarse mientras pierde el tiempo charlando conmigo.

Era una forma humillante de decirlo pero aunque existieran infinidad de palabras más apropiadas, aquellas eran las que mejor expresaban el estado de ánimo de quien lo había sacrificado todo por dinero y consideraba que el dinero era lo único que nunca le decepcionaría.

Caribel se limitó a alargar la mano y apretar el botón que ponía en marcha una sofisticada cafetera publicitada por actores famosos, y mientras observaba cómo el cremoso líquido iba cayendo gota a gota, replicó sin inmutarse:

—Si tienes una familia «vomitiva» es porque te has empeñado en crearla a tu imagen y semejanza, y si te cobro «lucro cesante» es porque quieres acostarte con la más cara sin pararte a pensar que en la cama no te diferencias del resto de los que consideras «mentecatos». —Sirvió las tazas y comenzó a remover el azúcar en la suya mientras añadía—: Tan solo hay un detalle con el que estoy en desacuerdo: pese a que lo dudes, te considero un buen amigo.

—¡Pero a qué precio...!

—Es el precio del mercado, querido. Si quieres lo mejor tienes que pagarlo. —Bebió despacio deleitándose con cada sorbo—. Y te advierto que no he conducido dos horas para escuchar lamentaciones, o sea que volvamos a lo que has dicho sobre esos millones...

Arturo Fizcarrald apuró su café mientras le dirigía una mirada burlona:

—¿O sea que veinte millones consiguen que la idea de un chantaje ya no te parezca horripilante?

—Me seguiría pareciendo horripilante si no se refiriese a quien incendia bosques, contamina ríos y entierra a la gente en vertederos de neumáticos...

—¿Y qué harías si los consiguiéramos?

—Irme a mi casa y acabar la carrera.

—¿Para casarte y tener hijos...?

—En absoluto —fue la firme respuesta que no parecía abrigar dudas—. ¡Jamás le mentiría a un hombre al que quisiera, y si no lo quisiera jamás me casaría con él!

—He conocido muchas de tu oficio que han formado familia.

—En este «oficio» se entra por infinidad de razones, algunas justificables, lo que no es mi caso, y casi siempre se quiere salir por razones también justificables, lo que tampoco es mi caso puesto que de momento quiero continuar en activo. —Se interrumpió como dando tiempo a su acompañante para que pudiera captar con claridad lo que quería expresar—: Nunca me atrevería a contarle a mis hijos que fui puta porque quise serlo y que ni siquiera quise dejar de serlo cuando tuve la oportunidad de dejar de serlo.

—No tendrías por qué contárselo.

—No se trata de ocultar la verdad, querido; se trata de que esa verdad existe... —Sonrió como si se estuviera burlando de sí misma al añadir—: Darle el «Sí quiero» a la prostitución sin que nadie te obligue es como darle el «Sí quiero» a una persona sin que nadie te obligue; quedas unida a ella para el resto de tus días.

—Cualquiera diría que hablas de la prostitución como si se tratara de un sacramento.

—Y lo es; el más duradero que existe, porque te garantizo que durante la última noche del apocalipsis, cuando todo esté en llamas, habrá mujeres vendiéndose y hombres comprándolas.

Don Arturo Fizcarrald se introdujo la lengua en el hueco de la muela, tanto para limpiarla de residuos como para darse tiempo a meditar, debido a que entendía los razonamientos de la mujer a la que tanto admiraba porque en el fondo eran «almas gemelas».

No era la primera prostituta con la que se había acostado, pero era la única que jamás alegaba nada en su defensa o dejaba escapar lágrimas de cocodrilo tras las que intentar justificarse a la hora de practicar una felación, cosa que por cierto hacía con una maestría inigualable.

—¿O sea que morirás sola? —inquirió al fin.

—Tal vez no; tal vez, cuando tenga la vida asegurada, adopte a niños a los que pueda contar que sus madres biológicas eran mujeres decentes.

—¡Cuando yo digo que eres rara de cojones...!

XV

Pocas cosas existían que le hicieran más feliz que colocarse a los mandos de un helicóptero, y tenía dónde elegir puesto que Air Limbaug acababa de adquirir otros cincuenta, pasando a convertirse en la empresa líder en el sector de la lucha contra incendios forestales.

Le encantaba contemplar las llamas mientras volaba sin tomar parte en las labores de extinción, puesto que le constaba que como piloto no estaba lo suficientemente capacitado y aquel constituía un peligroso trabajo que exigía una gran experiencia.

Pese a ser el presidente de la compañía nunca daba órdenes o aventuraba comentarios, limitándose a ser mero testigo sabiendo que el verdadero éxito no consistía en apagar el fuego.

Sus helicópteros no cobraban por resultados sino por tiempo de vuelo y debido a ello cuando el último rescoldo se extinguía volvían a unos hangares en los que tanto los pilotos como el personal de mantenimiento cobraba por tocarse los cojones, hasta que a alguien se le ocurría organizar una barbacoa, tirar una colilla, quemar un rastrojo o disfrutar del morboso espectáculo del bosque en llamas.

Su negocio prosperaba gracias a los pirómanos, los irresponsables, las sequías o la infinidad de rayos que se desencadenaban durante las tormentas de verano.

Por fortuna cada día había más pirómanos, sequías, irresponsables o tormentas de verano, y por lo tanto menos bosques, debido a lo cual la siguiente gran fuente de ingresos se centraba en conseguir contratos para plantar árboles que pudieran arder años más tarde.

Su padre lo denominaba la Ley Penélope, que consistía en destruir durante el verano lo que se había construido en invierno, a imagen y semejanza de lo que hiciera la mujer de Ulises con el tapiz que tejía mientras esperaba que su casquivano esposo, el hombre de culo inquieto más famoso de la historia, volviera de la guerra.

Pese a los milenios transcurridos, la mayoría de los gobernantes debían de seguir siendo entusiastas seguidores de aquella ley ya que, en cuanto subían al poder, se apresuraban a suspender, eliminar o menospreciar cualquier proyecto que pudiera atribuirse al gobierno anterior.

Debido a ello las democracias avanzaban a trompicones, dos pasos hacia delante, uno de lado y uno hacia atrás, siguiendo la antigua norma básica de la política más rastrera: «Destruyo lo que tú empezaste porque sé que tú destruirás lo que yo empiece.»

Al parecer, Martin Limbaug «Primero», Martin Limbaug «Segundo» y desde luego Martin Limbaug «Tercero» habían considerado una buena idea seguir el ejemplo de sus gobernantes, visto que aplicando tan nefasta teoría se alcanzaban el poder y la gloria.

El último de ellos, aquel al que Arturo Fizcarrald consideraba un genuino «leproso mental», no solo contaba con la experiencia y la mala sangre heredadas de su padre y su abuelo, sino que además, y por el mero hecho de ser mucho más rico, era, tal como suele suceder, mucho más ambicioso, y ahora un nuevo negocio, el más viejo del mundo, se abría frente, debido a que un antiguo compañero de universidad había cometido el estúpido error de pedirle que le librara de un comprometedor cadáver.

La férrea dinastía de los Limbaug siempre había defendido un principio básico: quien no sabía proteger lo que tenía no se lo merecía por muy amigo que fuese.

Por su parte Jean Pierre Lagarde no tardó en comprender que había cometido un imperdonable error al recurrir a su viejo amigo de la universidad, y la gravedad de tal error aumentó de forma considerable a partir del momento en que se comenzó a rumorear que el accidente de Roman Luchinsky podía haber sido provocado.

Los medios de comunicación enfocaban el tema desde un punto de vista meramente deportivo, pero empezaba a sospechar que el «Tercero» —que como hijo de puta no debía ser considerado el tercero sino el primero— estaría atando cabos sabiendo, como debía saber, ya que para algo era el vicepresidente de la federación, qué futbolistas del equipo local eran o habían sido clientes de El Convento.

No solo habían ido juntos a la universidad; se habían continuado viéndose a menudo por lo que tenía muy claro qué era lo que se podía esperar de alguien con quien habían compartido cientos de noches de mujeres, alcohol y cocaína.

Una de aquellas largas veladas en las que el exceso de sustancias tóxicas soltaban las lenguas —aunque solían soltarlas estropajosas—, Martin Limbaug «Tercero» le había confesado que —contra lo que la gente pudiera insinuar— su empresa no se dedicaba a provocar incendios con el fin de obtener beneficios a la hora de apagarlos, ya que actuar de ese modo habría constituido una estupidez, un riesgo y un grave delito.

Lo que sí hacía era difundir imágenes de gigantescas llamaradas devorando árboles puesto que el simple hecho de verlas despertaba los peores instintos en los auténticos pirómanos.

Un detallado informe elaborado por un conocido grupo de siquiatras aseguraba que dichas imágenes ejercían sobre los incendiarios un efecto similar al que ejercía la visión de una película pornográfica sobre ciertas personas; no solo las excitaba sino que las «invitaba» a convertirse en protagonistas.

La ciencia —y la propia vida— demostraban que cuanto menos desarrollado estaba un cerebro más tendía a la imitación de actos, gestos o palabras, y cuanto más lograba desarrollarse menos imitaba debido a que se centraba en conformar su propia identidad.

Ocurría algo semejante a lo que les sucedía a los nacionalistas exacerbados; cuanto más pequeño era su cerebro, más pequeño querían que fuera su país.

Los pirómanos de nacimiento, aquellos que no perseguían un beneficio económico sino únicamente la satisfacción personal de ver el destructivo resultado de su obra, solían ser individuos frustrados, resentidos y carentes de personalidad, para los que el fuego constituía una forma sencilla de gritarle al mundo que existían, y que incluso podían llegar a ser temidos sin más ayuda que una cerilla.

Y al igual que las compañías dedicadas al transporte de pasajeros realizaban estudios acerca del impacto de una campaña publicitaria sobre las tendencias de los viajeros, AirLimbaug analizaba la influencia que ejercía sobre los pirómanos —que al parecer tan solo constituían el diez por ciento de los incendiarios— el hecho de ver cómo se calcinaba la lujosa mansión de una estrella de cine o el palacete de un magnate de la industria.

El «Si yo no puedo tenerlo que no lo tenga nadie» solía ser un concepto altamente extendido entre los seres humanos, tanto fueran blancos, negros, pobres, ricos, anónimos o famosos.

Aunque aquella era una vieja frase que podía reducirse a una sola palabra: «envidia».

Tal como solía decir Lady Ámbar: «La envidia perjudica a los estúpidos pero favorece a quienes saben aprovecharla, porque cuando trabajan en el mundo del lujo y de la moda, viven de la envidia...»

Jean Pierre Lagarde recordaba con sincera nostalgia a la fastuosa criatura que le dio a ganar millones durante los años que trabajó en El Convento, la única con la que le hubiera gustado compartir la vida y a la que no hubiera dudado en confesarle que en realidad era el dueño del prostíbulo.

Si no lo hizo fue porque imaginaba su reacción:

—Pues si eres el dueño ya me estás devolviendo todo el dinero que has ganado conmigo, pedazo de macarra.

Aún se le revolvían las tripas cuando recordaba que en cierta ocasión se había ido a esquiar a Suiza con Martin Limbaug y la angustia que sintió al imaginar que tal vez no regresaría puesto que el muy cabrón parecía dispuesto a «retirarla».

Por suerte Lady Ámbar tenía una respuesta para tales situaciones:

«Cuando dependes de muchos hombres puedes prescindir de uno, pero cuando dependes de uno no puedes prescindir de muchos... ¡Mal negocio!»

La profesionalidad de «la maestra entre las maestras» había evitado que en aquel mismo momento Jean Pierre Lagarde ordenara a Mijail Yukov que le cortara el cuello a su rival, pero le había dejado un malestar interior que cualquier mortal hubiera considerado un vulgar ataque de cuernos.

Por suerte aquel mal momento había pasado y Lady Ámbar había vuelto al trabajo generando cuantiosos beneficios hasta el día en que decidió jubilarse, dejando su trono vacante.

Sin embargo, ahora las cosas eran muy distintas, había dos cadáveres por medio y empezaba a temer que en esta ocasión el insaciable Martin Limbaug no estuviera intentando robarle a su abeja reina; tal vez estuviera intentando quedarse con toda la colmena.

Tendría que ser pasando por encima de su cadáver, aunque pensándolo bien resultaría más cómodo que fuera él quien pasara sobre el cadáver de su compañero de universidad.

XVI

Les despertó un olor acre y en cuanto abrieron el balcón les horrorizó descubrir que una gigantesca columna de un humo, tan denso y negro como no habían visto nunca, se alzaba en el horizonte alcanzando casi los dos kilómetros de altura.

Era como un monstruo salido de una película de monstruos japonesa, pero real.

Don Arturo extrajo del cajón de la mesilla de noche los prismáticos con los que solía entretenerse observando a las aves sin moverse de la cama, y al poco se los pasó a quien la había compartido con él.

—Parece como si estuvieran ardiendo los neumáticos del vertedero...

Tenía razón y las cadenas de televisión se la dieron de inmediato, mostrando las dantescas imágenes de altas llamas contra las que docenas de bomberos parecían sentirse impotentes mientras los vecinos del pueblo abandonaban sus hogares debido a que el aire se tornaba irrespirable.

Las primeras declaraciones no dejaban lugar a dudas: el fuego había sido provocado ya que un trasnochador habitual aseguraba haber visto alejarse un vehículo poco después de que se iniciara.

—Sospecho que de tu amiga no van a encontrar nada —sentenció el dueño de Los Faisanes mientras cerraba el balcón por el que comenzaba a penetrar un molesto polvo negro.

Bajaron a desayunar y encontraron a la guardesa casi histérica alegando que muy pronto cambiaría el viento, por lo que la finca acabaría envuelta en una hedionda carbonilla que afectaría a la vegetación y especialmente a los animales.

—Los polluelos se asfixiarán en sus nidos y las crías en sus madrigueras —sollozó—. ¡Qué muerte tan horrenda!

No había forma de calmarla puesto que la humareda ganaba en intensidad y sabía muy bien cómo evolucionaban los vientos en el lugar en que vivía desde hacía cuarenta años

A Caribel le vino a la mente lo que había leído al respecto:

«El caucho seco tarda en arder pero cuando prende resulta imposible apagarlo y alcanza tales temperaturas que de los cadáveres apenas queda un puñado de cenizas.»

Ello venía a significar que entre aquellas cenizas quizá se encontraban las de la Pequeña Ibis, y parecía evidente que Martin Limbaug «Tercero» estaba intentando borrar las huellas de un delito recurriendo al sistema que mejor conocía: el fuego.

—Supongo que ahora resultará imposible hacerle chantaje... —señaló convencida.

—Más difícil, pero también más interesante —respondió don Arturo mientras untaba de mermelada de naranja una tostada—. El hecho de prenderle fuego a un vertedero del que nadie se había ocupado en años viene a corroborar lo que tan solo considerábamos una conjetura; que allí hay algo más que ruedas viejas. —Le dio un mordisco a la tostada, asintió satisfecho y acabó por sentenciar como si lo considerara una verdad indiscutible—: Y como me consta que esa sabandija tiene vertederos en media Europa, las posibilidades de joderle continúan intactas.

—Continuarán todo lo intactas que quieras, pero de momento es él quien nos está jodiendo porque, en efecto, el viento está cambiando y el humo viene hacia aquí.

Era cierto, se diría que el maloliente monstruo de película japonesa había decidido engullirlos y por si fuera poco las llamas habían prendido en la maleza amenazando con extenderse al bosque.

Don Arturo Fizcarrald dio una vez más la razón a cuantos opinaban que era un hombre inmutable y que gracias a su pasmosa frialdad conseguía engañar a todos saliendo con bien de las situaciones más difíciles.

—Parece que, en efecto, nos va a joder el fin de semana —admitió sin alterarse—... Pero de momento no me va a joder el desayuno. Alcánzame la leche...

Al poco ordenó abrir los corrales con el fin de permitir a los animales que pudieran escapar en caso de necesidad, así como prepararlo todo para una evacuación, indicándoles a los guardeses que tan solo se llevaran los enseres personales, puesto que el resto carecía de importancia.

—Lo que no pague el seguro, lo pagaré yo, o sea que no deben preocuparse.

Por último se volvió a Caribel guiñándole un ojo como si lo que iba a decir fuera francamente divertido:

—Supongo que tendrás el coche asegurado.

—A todo riesgo.

—Bien hecho porque el riesgo es evidente y solo los «todoterreno» pueden trepar monte arriba.

—Pues vaya una gracia...

Como la negra masa continuaba aproximándose, decidieron que había llegado la hora de alejarse, ya que ni los hidroaviones ni los helicópteros que iban de aquí para allá arrojando agua sobre el vertedero parecían capaces de resolver la situación.

El fuego tardaría en llegar, si es que llegaba, pero el humo dificultaba la visión, y el sendero que trepaba a la cima de la montaña y descendiendo luego hasta el cauce de un riachuelo podía llegar a ser muy peligroso.

Don Arturo conducía uno de los vehículos de anchas ruedas y doble tracción que utilizaban los invitados durante las monterías y el guardés otro, y tan solo al coronar la cumbre se detuvieron a observar cómo un manto más oscuro que la más oscura noche iba adueñándose del paisaje.

Muy a lo lejos algunos árboles comenzaban a arder y la radio anunciaba que se había recurrido al ejército en un desesperado intento de impedir que el incendio se propagase al parque natural que comenzaba a unos veinte kilómetros al noroeste.

Los guardeses decidieron quedarse en aquel punto atentos a cómo se desarrollaban los acontecimientos, no sin antes prometer que en cuanto vieran que existía el más mínimo riesgo personal bajarían hasta el arroyo, desde donde un camino de tierra permitía acceder a la carretera general.

No obstante, en el momento de asomarse al otro lado y descubrir lo que le esperaba, Caribel alzó la mano negando con el dedo.

—Si quieres despeñarte, te despeñas solo, cariño, porque la única hija de mi madre que siempre ha tenido vértigo, bajará a pie y agarrándose con uñas y dientes a cuanto encuentre.

A don Arturo le encantaba que, pese a encontrarse frente a un precipicio y teniendo un incendio forestal a sus espaldas, la desinhibida muchacha conservara el sentido del humor en lugar de comenzar a lanzar grititos histéricos, que era lo que solían hacer su mujer y su hija en cuanto aparecía un topo en el jardín.

Le hubiera encantado que ahora estuvieran allí, no con el fin de comparar su diferente forma de reaccionar, sino porque quizás alguna de ellas acabaría en el fondo del precipicio.

Admitió que como de costumbre se mostraba excesivamente injusto, por lo que se limitó a hacer una elegante reverencia:

—Bien mirado también yo prefiero bajar a pie, o sea que las señoras primero.

—En este caso la señora prefiere no ser señora sino furcia —fue la desinhibida respuesta—. O sea que vete por delante.

El angosto sendero, que al parecer había sido abierto por cazadores furtivos con el fin de contar con un lugar que les permitiera vaciar las montañas de ciervos y jabalíes, se encontraba sembrado de hojas húmedas y lajas de piedra cubiertas de musgo, por lo que resultaba factible resbalar y despeñarse.

Descendieron «agarrándose con uñas y dientes a cuanto encontraban» y lanzando reniegos cada vez que un arbusto les arañaba el rostro o una piedra rodaba para caer al vacío.

—Esto no estaba contemplado en el presupuesto ni aun teniendo en cuenta los lucros cesantes —masculló Caribel en un momento dado—. Como me rompa una pierna y tenga que estar dos meses sin trabajar me los pagas.

—¡Una pierna, no, por Dios! —suplicó él—. Si quieres romperte algo, rómpete un brazo.

Llegaron abajo temblorosos, sudando y jadeando, pero riendo como un par de chiquillos que hubiesen llevado a cabo una increíble hazaña.

Al atardecer el pueblo estaba siendo totalmente desalojado y sus últimos habitantes cargaban con lo más imprescindible, contemplando amedrentados cómo una carbonilla que les enrojecía los ojos y les dificultaba la respiración se apoderaba de sus hogares.

Los niños habían sido alejados desde media mañana, pero los adultos —y sobre todo los ancianos— se resistían a dejar atrás toda una vida, pese a que los bomberos les asegurasen que el fuego ya tan solo se circunscribía al vertedero y por lo tanto sus viviendas no sufrirían daños de importancia.

Lo que ningún bombero se atrevía a garantizar era cuánto tiempo transcurriría hasta que volvieran a ser habitables debido a que las cenizas tóxicas producidas por la combustión de neumáticos se irían depositando en todos los rincones, y probablemente arruinarían la producción de quesos del último año.

Por suerte hacía casi tres horas que el bosque había dejado de arder, pese a lo cual cuadrillas de voluntarios recorrían palmo a palmo la maleza afanándose en eliminar hasta el menor rescoldo que estuviera en condiciones de reavivarse, al tiempo que los atribulados lugareños se iban amontonando en un polígono deportivo que estaba siendo acondicionado con el fin de que quienes no tenían otro lugar pasaran allí la noche. Algunos lloraban, otros se resignaban y otros gritaban ante las cámaras de televisión recordando que hacía años que venían advirtiendo del peligro que significaba el vertedero.

Por su parte, los agricultores y ganaderos no dudaban en acusar directamente a la empresa Vulkhania, asegurando que cuando llovía demasiado el agua del barranco bajaba negra, se infiltraba en la tierra, arruinaba las cosechas y enfermaba a los animales.

Menudeaban por tanto las lágrimas, los gritos y las amenazas mientras las llamas y el humo continuaban siendo un espectáculo que atraía a centenares de curiosos que lo observaban desde las colinas cercanas, asegurando que resultaba mucho más impresionante que cualquier exhibición de fuegos artificiales.

Habían traído a los niños, los abuelos e incluso la merienda, confiando en que con la llegada de la noche el cementerio de neumáticos refulgiera como un volcán rico en brasas incandescentes que semejarían ríos de lava, aunque en realidad tan solo se tratara de caucho.

También les fascinaban las arriesgadas evoluciones de los hidroaviones y helicópteros, así como la llegada de docenas de camiones-cisterna que lanzaban chorros de agua mientras centenares de agentes de uniforme daban o recibían órdenes que de nada parecían servir.

Ningún circo había ofrecido jamás tan excelente y gratuita representación, debido a que ningún circo podía competir con la desidia, la incompetencia y la corrupción de unas autoridades que durante medio siglo habían permitido que se produjera tan salvaje atentado contra la naturaleza.

Dos de los espectadores, de los que no portaban merienda, permanecían especialmente atentos, aunque parecían más pendientes de cuanto ocurría en el cielo que en el suelo.

—Imagino que debe de estar muy cabreado —comentó al poco uno de ellos, señalando a un enorme helicóptero que se mantenía a gran altura sin tomar parte en las labores de extinción.

—Eso espero.

—¿Cómo cree que reaccionará?

Jean Paul Lagarde alzó una mano con lo que quizá pretendía decir que no tenía la menor idea, a la par que añadía despectivamente:

—Sea lo que sea no tendrá tiempo de llevarlo a cabo.

—¿Y cómo piensa impedírselo?

—Acabando con él mañana mismo.

—¿Mañana? —se sorprendió el ruso—. ¿A qué tanta prisa?

—A que mañana es sábado.

—Que yo sepa no es judío.

—No lo es, pero todos los sábados, llueva, truene o caigan chuzos de punta, juega al golf con el ministro de Industria y Turismo. —El dueño de El Convento se interrumpió con el fin de sonarse los mocos y tras doblar cuidadosamente el pañuelo añadió—: Luego almuerzan en el club donde planean sus chanchullos.

Mijail Yukov se quedó inmóvil y con la vista clavada en la columna de humo que aún seguía pareciendo un monstruo salido de una película de ciencia ficción, aunque ahora rodada en luminoso tecnicolor debido a que, sobre la línea del horizonte, un sol incandescente le proporcionaba un aspecto aún más fantasmagórico.

Comenzaba a sentirse inquieto debido a que se consideraba capaz de llevar a cabo cualquier encargo siempre que dispusiera de tiempo y libertad para actuar y matar a alguien, sobre todo alguien tan importante como Martin Limbaug «Tercero», no era algo que pudiera planearse de un día para otro.

Se necesitaba preparación y un perfecto conocimiento del lugar en el que debía realizarse el trabajo, porque una cosa era lanzar por un precipicio a un futbolista borracho, y otra muy distinta entrar en un club privado y volarle la cabeza a un millonario que dadas las circunstancias debería encontrarse alerta.

Hizo un casi imperceptible ademán con la cabeza hacia el helicóptero desde el que su supuesta víctima podría estar observándoles pese a la gran distancia que les separaba, observó de medio lado a quien siempre le había parecido bastante extraño debido a que tenía la curiosa costumbre de encerrarse en una enorme estancia con casi cien retratos de desconocidos, y comentó casi sin abrir los labios:

—No me gusta la idea; ese calamar tiene demasiados rejos y si fallamos acabará hundiéndonos.

—Ese calamar ya ha hundido a cuantos tienen algo que le interesa, y lo que ahora le interesa es El Convento. ¿Te imaginas que consiga arrebatármelo y ya no puedas cenar, beber, bailar o tirarte a la chica que te gusta sabiendo que al día siguiente te reembolsaré los gastos?

—No quiero imaginármelo, pero ni conozco ese club, ni tengo un plan —se lamentó el ruso—. Sería una chapuza.

—Pero yo sí lo conozco y sí tengo un plan cuyo éxito dependerá de que sea una chapuza. —Jean Pierre Lagarde sonrió, como si lo que estuviera diciendo fuera una verdad indiscutible—: El *Manual de las derrotas* preconiza que en determinadas circunstancias la mejor forma de hacer las cosas bien es hacerlas tan mal que consigas que tu enemigo cometa el error de creer que está aprovechando tus errores.

—Nunca he leído ese dichoso *Manual de las derrotas* del que todo el mundo habla, pero me gustaría que me explicara cómo hay que hacer las cosas mal para que salgan bien.

XVII

Tras un más que merecido descanso iniciaron la marcha bordeando el riachuelo, que se iba ensanchando a cada paso hasta que, casi una hora más tarde alcanzaron un viejo molino que había sido rehabilitado como vivienda, y en la que sus propietarios, un matrimonio con tres hijos, disfrutaban del fin de semana en un entorno ciertamente idílico.

Les recibieron con amabilidad, les invitaron a cenar y escucharon estupefactos el detallado relato de sus fascinantes peripecias durante tan ajetreado día.

No tenían noticias del incendio puesto que nunca habían querido conectarse a la red eléctrica alegando que el enganche más cercano se encontraba a ocho kilómetros y además preferían que durante los fines de semana los niños hablaran con ellos, leyeran buenos libros y se mantuvieran en contacto con la naturaleza.

Durante la distendida velada a la luz de las velas en

la que lo único digno de destacar era la cara de memo que se le quedaba al dueño de la casa en cuanto alzaba los ojos y se enfrentaba a los de Caribel, don Arturo dirigió una larga mirada al río, que brillaba bajo la luz de una luna creciente, observó cómo la rueda del molino giraba lentamente, aspiró con delectación un aire limpio que olía a tierra húmeda y de improviso señaló:

—No es mi intención ofenderles, pero me encantaría alquilarles la casa por cuatro días.

La pareja se mostró sorprendida, pero sin darles tiempo a reaccionar, cuantificó la propuesta:

—Cincuenta mil euros al contado y sin recibo.

El desconcertado esposo se volvió a su igualmente desconcertada esposa, que no tardó ni medio minuto en volverse a sus hijos y ordenar:

—Id a recoger vuestras cosas.

—No es necesario que se vayan ahora —le hizo notar don Arturo.

—No será necesario pero sí conveniente... —fue la intencionada respuesta—. Si este pazguato se queda toda la noche contemplando a su amiga, lo cual justifico porque es la criatura más hermosa que he visto nunca, mañana lo tengo que poner en remojo.

Los ojos de sus tres hijos se fijaron en el rostro del aludido, que se limitó a replicar:

—Vuestra madre tiene razón; mejor nos vamos.

El mayor, un espabilado quinceañero que lucía ya un incipiente bigote, asintió en el tono de quien se considera un experto en el tema:

—Ya lo creo que la tiene.

Media hora después los intrusos disfrutaban de la paz y el silencio de un lugar que parecía pertenecer a un remoto pasado, y al poco Caribel se introdujo en el río para ir a sentarse sobre una de las palas del molino.

Su acompañante admitió para sus adentros que daría cuanto tenía porque aquel momento se prolongase por el resto de su vida, sabiendo que nada que pudiera depararle el futuro superaría la sensación de haber entrevisto el paraíso, y que a partir de aquella noche todo sería deslizarse hacia un final sin más aliciente que la compañía de una gorda parlanchina y unos nietos cabezones.

Tal vez sería una buena idea cambiar Los Faisanes por aquel viejo molino, dado que ya no valía la pena continuar organizando monterías.

Siempre le había producido un profundo placer corromper a la gente, pero ni siquiera el hecho de comprobar con qué facilidad se dejaban comprar funcionarios, ministros e incluso presidentes, resultaba comparable a la visión del agua acariciando los muslos de Caribel.

—Te compraré todo esto —dijo.

Ella regresó muy despacio, se envolvió las piernas en una toalla, tomó asiento en la escalinata y negó convencida:

—«Esto» no se compra, querido; «esto» se construye con mucho cariño. —Se tomó un tiempo antes de añadir—: Es precioso pero no me sentiría a gusto sabiendo que se lo has arrebatado a una familia encantadora.

—No se lo arrebataría —protestó él sintiéndose ofendido—. Les pagaría más de lo que vale.

—No creo que tengas ni puñetera idea de lo que vale este lugar para quienes lo construyeron, y considero que arrojar tanto dinero a la cara de los que tienen que vivir de su trabajo resulta asqueroso, denigrante y tan solo propio de alguien como tú.

—¿Me quieres explicar, una vez más, por qué coño tengo que aguantar que me hables en ese tono? —volvió a protestar don Arturo—. En lugar de estar en la cama con cualquier cretino que apeste a alcohol, estás aquí, disfrutando de una noche mágica, pero en lugar de agradecérmelo, me insultas.

—¡No digas tonterías! —le reconvino ella—. Para conseguir insultarte de un modo efectivo tendría que acabar mi carrera y tres más. Y para que la noche fuera mágica tendría que estar sola.

—¿Sola o con alguien especial? —fue la malintencionada pregunta.

—Nadie es especial.

—¿«Nadie»? —Ante la reiterada negativa añadió incrédulo—: ¿Cómo es posible que nunca te hayas sentido atraída por ningún hombre? Debes de ser un caso patológico. ¿Has consultado a un siquiatra?

—Suelen ser ellos los que recurren a mí para que les libere de sus traumas, querido. Y pagando. Uno me comentó que muchas mujeres, sobre todo las que han tenido varios hijos, dejan de sentir cualquier tipo de placer, y tan solo hacen el amor para sentirse protegidas.

—No es lo mismo.

—Ya sé que no es lo mismo; ellas necesitan que las protejan pero con frecuencia los hombres les acaban fallando, mientras que yo tan solo necesito que los hombres me proporcionen un dinero con el que ya me preocuparé yo de protegerme.

—Empiezo a entender por qué decidiste estudiar ciencias económicas.

—La base de toda ciencia económica es simple; conseguir que se revalorice lo que tienes y que se desvalorice lo de tu oponente. Y eso, a mí, en la cama, me ocurre siempre, aunque me consta que al cabo de unos años las cosas cambiarán y quien se desvalorizará seré yo, que acabaré convirtiéndome de «activo futurible» en el que vale la pena invertir, a «pasivo tóxico» del que conviene desprenderse cuanto antes.

—Tú dirás lo que quieras y emplear los términos que te apetezca, pero una mujer siempre es una mujer.

—Y un dedo siempre es un dedo, querido... —Caribel alzó el pulgar y se lo colocó ante las narices—. ¡Míralo bien! Tan solo es un dedo y si le pinchan en la yema sangra y duele, pero si le pinchan en la uña ni sangra, ni duele. Yo siempre ofrezco la parte de la uña.

—Pero algún día alguien te pinchará en la yema.

Ella hizo un conocido gesto frotándose el pulgar y el índice al puntualizar:

—Sería una cabronada pues es con esta parte con la que cuento el dinero.

A don Arturo le molestaba no poder determinar cuándo la enredadora muchacha hablaba en serio o le tomaba el pelo, pero admitía que esa faceta de su personalidad formaba una parte tan importante de su encanto como sus erguidos pechos o sus largas piernas.

Recurrió al viejo truco de la lengua en la muela con el fin de tener tiempo para encontrar una respuesta que se le antojara lo suficientemente ingeniosa, pero acabó dándose por vencido.

—¡De acuerdo! —dijo—. Dejémonos de florituras dialécticas y vayamos a lo que importa. ¿Qué te hace suponer que vas a ganar la apuesta?

—El hecho de haber conseguido el libro que estabas leyendo y en el que se cuenta la forma en que un grupo terrorista ataca el canal de Panamá, provocando un caos en el tráfico marítimo mundial. Al parecer tenía razón el capitán Van Halen y fue en ese libro en el que se basó el general Torrijos a la hora de presionar al presidente Carter.

—En ese libro, que en realidad no es más que una mediocre novela de ficción, los terroristas utilizan explosivos con los que vuelan varias esclusas provocando miles de muertes. —Don Arturo la observó casi retadoramente, al inquirir—: ¿Me consideras tan desalmado como para volar esclusas causando miles de muertes?

—¡No! ¡Desde luego que no!

—¿Entonces?

—Hay muchas formas de sabotear.

—Dime una que no implique muerte y violencia.

—La que utilizó Egipto cuando el presidente Nasser ordenó hundir cuarenta barcos en el canal de Suez ocasionando pérdidas multimillonarias a los países que habían ayudado a Israel durante la guerra del Sinaí.

—Fue una medida efectiva sin duda... —admitió su oponente—. Pero pudo hacerse porque Egipto era el dueño del canal y nadie podía reflotar unos barcos que también eran suyos.

—¿Fue algo así como sacarte un ojo con tal de que tu enemigo se quede ciego?

—Más o menos. Nasser tan solo accedió a retirar los barcos cuando los países a los que perjudicaba el cierre del canal aceptaron financiar la presa de Asuán.

—Una maniobra muy astuta...

—Pero demasiado arriesgada porque se exponía a que Israel decidiera apoderarse por la fuerza del canal, lo cual estuvo a punto de conseguir durante la Guerra de los Seis Días y hubiera significado una catástrofe a nivel planetario. —Sin duda don Arturo Fizcarrald se sentía a gusto hablando de temas que conocía y le interesaban—. En el caso que nos ocupa tan solo los panameños estarían en condiciones de hundir cuarenta barcos en su canal y dudo de que lo hicieran puesto que viven de él.

—En eso estoy de acuerdo... —reconoció ella.

—¿Entonces...?

—Creo que lo que intentas no es destruirlo; lo que pretendes es dejar de manifiesto su vulnerabilidad.

—¿Y qué ganaría con eso?

—Mucho, porque tengo entendido que un grupo chino-coreano-japonés está intentando reunir los cincuenta mil millones que costaría abrir un canal a través de Nicaragua, y empiezo a sospechar que trabajas para ellos. Poner de manifiesto la fragilidad de la única vía de agua que existe entre los dos océanos les facilitaría las cosas provocando un caos en el tráfico marítimo mundial. —También Caribel parecía sentirse a gusto hablando de un tema que había estudiado a fondo, por lo que añadió—: Si las materias primas sufrieran retraso, los *stocks* se agotarían y las fábricas permanecerían inactivas mientras los países no productores de petróleo que tan solo disponen de una limitada reserva de crudo se colapsarían. —Sonrió como si estuviera contando una simple anécdota sin especial transcendencia antes de finalizar—: Al mismo tiempo las frutas y verduras que se hubieran embarcado calculando un tiempo exacto de viaje para llegar a puerto en su momento de madurez se pudrirían por el camino. En pocas palabras: «El Apocalipsis Económico.»

—Veo que te has tomado la apuesta en serio...

—Excepto a los hombres, me lo tomo todo en serio, cariño.

—Debería ser al revés.

—Pero no lo es, y por eso sé que, en el hipotético caso de conseguir que el paso a través del canal quedara temporalmente interrumpido, casi la mitad del comercio del continente resultaría afectado, miles de turistas quedarían atrapados en sus cruceros y los buques que navegaran hacia el canal tendrían que desviarse. A la vista de semejante panorama, no solo inversores privados y gobiernos, sino incluso los organismos internacionales se verían obligados a respaldar a los japoneses, los coreanos y los chinos a la hora de abrir un nuevo canal a través de Nicaragua.

Su acompañante se tomó el tiempo necesario para levantarse, llegar a la orilla del río, introducirse en el agua y lavarse la cara.

—Una excelente argumentación para desarrollar una brillante tesis doctoral, cielo, pero por desgracia no basta a la hora de ganar una apuesta... —Se llenó la boca de agua, le lanzó un chorro que le mojó los pies y concluyó con una aviesa sonrisa mientras ascendía por las escalinatas—: Tendrás que hilar más fino; mucho más fino, porque esa no es la esencia de la cuestión y nunca se me ocurriría trabajar para los japoneses, los coreanos o los chinos... Que pases una buena noche.

Caribel se quedó a solas, aún envuelta en la toalla, aún sentada en la escalera y aún contemplando la rueda del molino, tan decepcionada como un niño al que le hubieran arrebatado un caramelo.

Le fascinaba su nuevo coche por dos razones: la primera porque era precioso y la segunda porque estaba convencida de que iba a conseguirlo, no a base de abrir las piernas, sino a base de abrir la mente.

Tener que pagarlo de su bolsillo constituiría un rotundo, inesperado y humillante fracaso que vendría a poner de manifiesto que la perfección de su cuerpo se encontraba muy por encima de los límites de su inteligencia. Con el esfuerzo «físico» de dos semanas podía conseguir un coche deportivo; con el esfuerzo mental de cinco semanas, no.

Deprimente y descorazonador para quien había sentado las bases de su futuro sobre una sencilla premisa; su portentoso cuerpo debía estar al servicio de su cerebro, puesto que sus conocimientos irían aumentando casi en la misma medida en que su belleza disminuyera.

Tal como preconizaba Lady Ámbar: «Más vale ser vieja sabia que joven estúpida, aunque solo sea porque lo primero dura más tiempo.»

Conocer a Lady Ámbar era la única cosa digna de ser tenida en cuenta que le había proporcionado su «carrera», no solo por sus magníficos consejos o los buenos ratos que habían pasado juntas, sino porque ella misma constituía la prueba irrefutable de una de sus más rotundas aseveraciones: «La que es puta, siempre será puta, mientras que la que es prostituta siempre puede dejar de ser prostituta.»

Aquel leve matiz que hacía sonreír a muchos constituía, no obstante, una verdad incuestionable puesto que al poco añadía:

«La que es puta, lo puede ser por placer, por vicio o por interés, mientras que la que se prostituye, o sea, la que se convierte "temporalmente" en puta, solo lo hace por interés y si no recibe algo a cambio no es puta: tan solo es "temporera".»

Constituía un planteamiento muy propio de quien alardeaba de no haberse dejado seducir por promesas que arruinaban la vida de quien las recibía.

«Nada resulta más barato que jurar amor, ni más caro que creérselo.»

Caribel aborrecía la palabra «amor» en cuanto se refería a relación sexual, considerando que era un término sobre el que se había escrito demasiado, y abandonaba un libro en cuanto los protagonistas comenzaban a sudar y jadear, ya que suficientes sudores y jadeos tenía a lo largo de los días y parte de las noches.

Lo único que deseaba era que le contaran una historia en la que ocurrieran cosas interesantes o le enseñara algo nuevo, y para ella nada que tuviera que ver con el sexo se le antojaba ni nuevo, ni interesante.

Sentado en la escalinata del molino, a orillas del río y dejándose acariciar por el suave sol de media mañana de un otoño sorprendentemente caluroso, don Arturo Fizcarrald señaló:

—El rey Felipe II aseguraba que para que en el imperio español nunca se pusiera el sol, lo primero que tenía que hacer era abrir una vía de agua que conectara sus dominios del Atlántico con los del Pacífico sin necesidad de rodear el continente y cruzar el estrecho de Magallanes o el cabo de Hornos, en el que naufragaban infinidad de embarcaciones. —Hizo una pausa para tomar aliento antes de añadir en el mismo tono pausado y casi didáctico—: Empeñado en ello, envió varias expediciones con el fin de buscar el mejor emplazamiento y, tras años de estudios, sus ingenieros determinaron que la ruta más factible era seguir el cauce del río San Juan y atravesar el lago Nicaragua...

—Es decir... —le interrumpió ella—. Exactamente el recorrido que hicimos en el helicóptero.

—Exactamente.

—Es que es lo lógico.

—Lo es, en efecto; hace quinientos años también lo era, y abrir el canal por Panamá fue un crimen que casi rayó en el genocidio visto que se cobró miles de vidas con el único fin de enriquecer a un puñado de avaros.

—Luego tenía yo razón...

—¿En qué?

—En que lo que pretendes es desprestigiar el canal de Panamá con el fin de promocionar otro a través de Nicaragua.

—Pues te equivocas, querida, lo cual quiere decir que continúas perdiendo la apuesta.

Fue como un nuevo jarro de agua fría o un nuevo mazazo a su inteligencia ya que a su modo de ver las piezas del rompecabezas encajaban; había conseguido reunirlas, conocía los nombres de los bancos que financiarían la operación y había visto los primeros diseños de la que sería la mayor obra de ingeniería del siglo XXI, pero aquel puñetero aguafiestas volvía a dejarla en evidencia.

—¡Mientes...! —masculló enfurruñada.

—Cuando apuesto nunca miento, pequeña; en todo lo demás sí, pero en las apuestas no, ya que si mintiera carecerían de interés. —Le golpeó suavemente la mano como si estuviera intentando consolarla por haberse equivocado a la hora de hacer sus deberes—: Admito que ibas bien encaminada —añadió—. Habías sacado las conclusiones lógicas teniendo en cuenta la información de que disponías, pero el problema estriba en que «no disponías de toda la información», y eso es lo que diferencia el éxito del fracaso.

—¿Y tú sí dispones de «toda la información»? —quiso saber ella en un tono ligeramente despectivo.

—Digamos que dispongo de información esencial a la hora de encarar un multimillonario proyecto con el que muchísima gente podría perder muchísimo dinero.

—¿Y estarías dispuesto a compartir dicha información con una pobre e ignorante que cometió el sacrilegio de retarte?

—Estaría dispuesto aunque supongo que me vería obligado a cobrarte «lucro cesante» por las pérdidas que la revelación de dicha información me pudiera acarrear.

—Si serás cabronazo...

—Donde las dan las toman, cielo. Si decides aceptar humildemente y de rodillas que has perdido la apuesta, tal vez me sienta magnánimo y te revele una información que podríamos considerar «privilegiada».

—¿Por qué de rodillas?

—Por puro machismo... —Don Arturo Fizcarrald sonrió malignamente e hizo un gesto con la mano que parecía querer borrar lo que acababa de decir—. ¡De acuerdo! —añadió—. No hace falta que te arrodilles; bastará con que repitas: «Soy una estúpida por haberme atrevido a enfrentarme a un genio.»

—Soy una estúpida por haberme atrevido a enfrentarme a un genio —se humilló Caribel—. ¿Satisfecho?

—Totalmente.

—¿Y cuál es esa información privilegiada?

—El parte meteorológico.

—¿El parte meteorológico? —repitió ella como si se tratara de un loro—. ¿Me tomas el pelo?

—Sabes que yo de ti me lo tomo todo, preciosa, pero esto va en serio porque la vida gira en torno al frío, el calor, el agua o las sequías, por lo que las civilizaciones nacen, crecen o desaparecen de acuerdo a unas condiciones climatológicas que a la larga determinan las características de los paisajes y las criaturas que lo pueblan.

—Me recuerdas a una maestra que nos enseñaba las diferencias entre un camello y un oso polar según su «hábitat», pero no entiendo a qué viene esta lección de ciencias naturales.

—Viene a algo que dijo el capitán Van Halen: «En Panamá llueve a diario durante más de medio año y en diciembre, cuando llega la temporada seca, el nivel del lago debe estar a tope o no podrían cruzar los barcos. Dos años de sequía dejarían el canal inservible.»

—Lo recuerdo, pero continúo sin ver la relación.

—Pues resulta evidente, cabeza de chorlito; un canal por Nicaragua presentaría idénticos problemas puesto que tú misma pudiste ver que la mayor parte del trazado transcurriría por el cauce del San Juan.

—Lo vi, pero también vi que lo alimenta un lago enorme.

—El lago es enorme, en efecto, por lo que el problema es aún mayor ya que, al no disponer de compuertas que regulen el cauce del río, en los meses de lluvia se producirían inundaciones que dificultarían la navegación, mientras que en los meses de sequía los barcos encallarían.

Quien le escuchaba con atención le indicó con un gesto que guardara silencio pues intentaba asimilar conceptos que iban más allá de lo que en principio había supuesto. Al poco encendió un cigarrillo que más que un cigarrillo era una disculpa a la hora de enfrentarse al nuevo rumbo de una argumentación que la desconcertaba.

—¡Vamos a ver...! —casi se impacientó—. Por un lado aseguras que abrir el canal por Panamá fue un error y un crimen que rayaba el genocidio, pero ahora me sueltas que un canal por Nicaragua plantea los mismos problemas.

—Y lo sostengo... —respondió don Arturo con notable firmeza—. Que presente los mismos problemas desde un punto de vista puramente técnico no significa que hace un siglo no hubiera costado la décima parte en dinero, tiempo, sufrimiento y vidas humanas.

—¿Podrías explicarlo de forma y manera que una pobre estúpida lo entienda?

Procurando utilizar las palabras más exactas, el hombre que aborrecía a su familia intentó hacerle comprender que quienes optaron por independizar Panamá, con el fin de abrir un canal de su exclusiva propiedad, eran gente sin escrúpulos; tan sin escrúpulos que habían sido capaces de conservar miles de cadáveres de obreros anónimos en barriles de salmuera con el fin de vendérselos a las universidades y contribuir de ese modo a financiarse las obras. Constituían la peor escoria moral, y en cuanto se refería a escoria moral don Arturo se consideraba un maestro.

No obstante, reconocía que al fin y al cabo el trabajo se había hecho ya que por lo menos existía un canal, por más que fuera farragoso, y estuviera obsoleto y dependiera de la climatología. Debido a ello consideraba que recuperar la vieja idea de un canal por Nicaragua significaba someterse de igual modo a una excesiva dependencia de los caprichos de la naturaleza.

Tras mucho estudiar el problema había llegado a una conclusión: para que los monstruosos navíos del siglo XXI, de más de veinte metros metros de calado, pudieran navegar por el río San Juan sería necesario dragarlo continuamente llevándose lejos el fango extraído con el fin de evitar que las nuevas lluvias lo devolvieran al agua.

Los frecuentes chaparrones tropicales desbordarían el cauce provocando riadas que ralentizarían la marcha de los barcos que navegaran corriente arriba, dificultarían las maniobras de los que navegaran corriente abajo, y arrastrarían grandes masas de vegetación que obligaría a una constante limpieza con el fin de evitar que bloquearan las hélices.

—En aquel tiempo, y siendo el único canal, hubiera resultado mejor y más rentable que el de Panamá —acabó señalando—. Pero hoy en día, y teniendo que compartir la clientela resultaría un negocio ruinoso.

—Cada vez me confundes más... —se impacientó quien se esforzaba por captar la esencia del largo discurso pero sin acabar de conseguirlo—. Si, por lo que dices no vale la pena sustituir el canal de Panamá, ¿por qué intentas desprestigiarlo?

—Yo no he dicho que no valga la pena sustituirlo.

—Acabas de decirlo...

—En absoluto.

Don Arturo Fizcarrald era casi la única persona que conseguía sacar de sus casillas a Caribel, y quizás en ese hecho se basaba la solidez de unas relaciones en las que a menudo se comportaban como un gato y el ratón que de golpe intercambiaran sus papeles.

En lo que se refería a inteligencia se encontraban razonablemente equilibrados, debido a lo cual lo lógico parecía que ella se aprovechara de su belleza y él de sus conocimientos.

—Deberías meditar mejor las cosas antes de decirlas —señaló él hasta cierto punto molesto—. Yo no he dicho que no valga la pena sustituir el canal de Panamá; lo que he dicho es que no valdría la pena sustituirlo por otro que también dependiera de la climatología, que es algo que el ser humano nunca consigue controlar.

—¿Entonces...?

—Entonces debemos cambiar nuestra forma de pensar, porque lo que se ha hecho en Panamá, o se intentaría hacer en Nicaragua no ha sido unir un océano con otro.

—¿Ah no...? —inquirió ella cada vez más irritada—. ¿Y qué es lo que se ha hecho en Panamá o lo que se intentaría hacer en Nicaragua?

—Unir un océano con un lago, y unir luego ese lago

con otro océano... —Don Arturo Fizcarrald abrió las manos como si estuviera mostrando un documento irrebatible al remachar—: Y eso no es un auténtico canal interoceánico; es un remiendo que obliga a depender de un lago. ¿Entiendes la diferencia?

—Intento entenderla...

—Un canal interoceánico únicamente lo es cuando las aguas de los dos océanos se mezclan sin necesidad de intermediarios; el resto tan solo son chapuzas.

La muchacha de las largas piernas y los pezones que apuntaban al cielo se tomó un corto respiro mientras reflexionaba sobre lo que le acababan de decir.

—¿Me equivoco o estás hablando de un canal al mismo nivel?

—Por una vez no te equivocas.

—Pero eso debe de resultar prácticamente imposible... —argumentó quien meses atrás había observado desde el aire la accidentada orografía de la zona.

—Las cosas son «prácticamente imposibles» hasta que alguien demuestra que son posibles, y suele ser en la búsqueda de esa posibilidad en la que nadie creía, en la que se forjan las grandes fortunas... —sentenció don Arturo mientras le acariciaba la mejilla—. Y a estas alturas de la vida ya no busco amasar una nueva fortuna pero sí participar en una aventura apasionante.

—¿Qué clase de aventura?

—Una que haría historia, puesto que aunque Felipe II ordenara que se hicieran los primeros estudios, sus sucesores, que por lo que tengo entendido fueron una pandilla de ineptos mendrugos, dejaron que el proyecto se traspapelara entre la montaña de libros y legajos del monasterio de El Escorial.

—Me impresionó El Escorial.

—Lo supongo; y también supongo que a El Escorial le impresionarías tú.

—Se agradece el cumplido y si de vez en cuando te mostraras tan encantador con tu mujer tu vida sería mucho más agradable.

—No mezcles las cosas o no acabaremos nunca... —le advirtió su acompañante—. Como te iba diciendo, el proyecto se perdió, pero como los españoles seguían gobernando Centroamérica hace un par de siglos enviaron otras cinco expediciones en busca de un lugar por el que resultase factible abrir una vía de comunicación directa entre los dos océanos.

—¿Al mismo nivel?

—Al mismo nivel —corroboró—. Al parecer lo hacían con la vista puesta en construir una línea férrea, ya que el transporte por tren comenzaba a tomar auge, pero con la idea original de excavar más tarde un canal interoceánico sin esclusas.

—¿Y encontraron el lugar?

La firmeza de la respuesta resultaba inapelable:

—Lo encontraron.

—¿Cómo lo sabes?

—Habiéndome leído un legajo de trescientas páginas, fechado en julio de mil ochocientos doce y escrito a mano, en el que se detalla, con muy buena letra y alguna que otra tachadura, cada paso a seguir, desde la costa del Atlántico a la del Pacífico.

—¿Lo has leído en español? —se asombró ella.

—¿Acaso te crees la única políglota? —fingió ofenderse su interlocutor—. Hablo seis idiomas, aunque reconozco que tuve que echar mano al diccionario porque algunas palabras están en desuso y se emplean muchos términos propios del país.

—¿Qué país?

—No te pases, querida, no te pases. Encontrar ese endemoniado legajo, analizarlo y calcular la relación coste-beneficios que significaría abrir un canal sin esclusas ni dependencia de la climatología me ha costado mucho tiempo y esfuerzo, y aunque contigo me encanta irme de la lengua, te consta que suelo irme por otros derroteros.

—No seas guarro.

—De acuerdo, pero tú no seas curiosa.

—Eres injusto... —le hizo notar ella y en cierto modo le asistía la razón—. Disfrutas despertando mi curiosidad y cuentas cosas que deberías callarte, pero de pronto me acusas de intentar sonsacarte información. A partir de ahora no quiero oír hablar de tu disparatada familia, tus sucios negocios, ni tus puñeteros canales.

—¿Entonces de qué vamos a hablar?

—De putas...

—No hace falta ser tan vulgar aunque admito que parte de razón tienes, porque no debería haberte involucrado en un negocio en el que se mueven intereses astronómicos. Sin embargo, deberías entender que se trata de un tema muy delicado que no puedo comentar con nadie más.

—Malo es que tan solo puedas comentar las cosas con alguien a quien tienes que pagar para que te escuche —fue la agria y casi ofensiva respuesta—. Aunque bien mirado es parte de las funciones de toda meretriz que se precie.

—«Meretriz» —se horrorizó él torciendo el gesto—. ¡Qué palabra tan rebuscada!

—¿En qué quedamos? —fue la intencionada pregunta acompañada de una deslumbrante sonrisa—. ¿Soy vulgar o rebuscada?

—En ocasiones eres vulgarmente rebuscada y en otras rebuscadamente vulgar, pero eso forma parte de tu encanto. —Abrió una cerveza que casi se bebió de un solo golpe antes de señalar cambiando súbitamente de tema, lo cual sabía hacer con absoluta maestría—: Supongo que con un poco de mala suerte pronto seré abuelo, con lo que se me plantea un difícil dilema:

¿Qué es preferible: apoltronarme en un sillón a soportar niños cabezones y escuchar sandeces hasta que me pasen del sillón a una silla de ruedas, de la silla de ruedas a una camilla, y de la camilla a un ataúd, o jugármelo todo a una carta?

Caribel entendía que para su mejor cliente aquella era una pregunta importante, puesto que estaba llegando a una edad en la que el futuro se limitaba a pasar del sillón a una silla de ruedas, de la silla de ruedas a una camilla y de la camilla a un ataúd.

Si a un hombre honrado y con una familia a la que amaba le resultaba difícil decidir cuándo había llegado el momento de dedicar el poco tiempo que le quedaba a encontrar junto a los suyos la necesaria paz interior, mucho más complicado debía de resultarle a quien menospreciaba a sus parientes y había dedicado gran parte de su vida a robar, mentir, estafar o corromper.

—Entiendo que ese futuro no resulta alentador —admitió la muchacha—. ¿Pero qué ganarías aparte de un dinero que te sobra?

—Lo único que nunca he tenido.

Ella alzó las manos formando una «T», lo que en argot deportivo significaba que pedía «tiempo muerto», se aproximó al río y tomó asiento en un punto en el que el agua le llegaba a la cintura.

—Un momento... —suplicó—. Necesito refrescarme el culo y las ideas porque si alguien que lo tiene todo asegura que busca lo que nunca ha tenido, la cuestión exige un detallado análisis... —Se salpicó la cara repetidas veces antes de continuar—: ¡Veamos...! ¿Qué es lo que no puedes comprar con todos tus millones?

—Dímelo tú...

—Evidentemente la salud, puesto que el hecho de que los ricos se mueren menos que los pobres tan solo se debe a que hay muchísimos más pobres que ricos... ¿Estás de acuerdo?

—Es una majadería que no viene a cuento pero con la que estoy razonablemente de acuerdo.

—Tampoco puedes comprar amor puesto que conmigo te gastas fortunas, pero tan solo consigues que te aprecie...

—¿Cómo puedes llegar a ser tan descarada?

—Con mucha práctica. Llegados a ese punto, y como me consta que somos muy parecidos y por lo tanto tenemos parecidos problemas, deduzco que buscas lo que yo llevo buscando hace años.

—¿Y es...?

—La autoestima.

—Suena cursi.

—Lo admito, pero por muy cursi que suene existe para aquellos que creen que deberían haber hecho algo importante y no lo hicieron.

—¿Como qué...?

—En tu caso, no lo sé; en el mío, ayudar a algunas

desgraciadas a salir de una profesión para la que no estaban preparadas.

Su interlocutor acudió a sentarse a su lado al tiempo que inquiría en tono irónico:

—¿Crees que tu misión en esta vida hubiera sido convertirte en redentora de meretrices?

—Menos coña con la palabreja, pero ten por seguro que más sencillo resulta redimir putas que canallas, porque muchas aspiran a dejar de serlo pero vosotros no.

—¿O sea que me consideras un canalla?

—Hasta el tuétano.

—¿Pero aun así aseguras que me aprecias?

—Alguna debilidad tenía que tener, y apreciar no es lo mismo que querer. Se puede apreciar la calidad de un mueble, la belleza de un cuadro o la cultura de una persona, pero eso no significa que le quieras.

—¿También tengo que pagarte para que me digas este tipo de cosas? —fue la malintencionada pregunta.

—No, querido... —fue la respuesta en idéntico tono—. En mi oficio la verdad suele ser gratuita; son las mentiras las que cuestan caras.

XVIII

La temperatura seguía siendo excelente para la época del año, un otoño que más bien parecía primavera, el campo se encontraba en perfectas condiciones, los pájaros cantaban, las ardillas correteaban y había conseguido dos golpes de ventaja en los seis primeros hoyos, lo cual venía a significar que la mañana estaba siendo perfecta, excepto por el hecho de que a lo lejos, a casi veinte kilómetros de distancia, se distinguía una columna de humo que, pese a haber perdido parte de su altura, bastaba para amargarle la vida.

Lo último que necesitaba en unos momentos en los que se había implicado en media docena de ambiciosos proyectos, entre ellos adueñarse de El Convento, era que alguien investigara las causas por las que le habían prendido fuego a un barranco al que una de sus empresas había estado arrojando neumáticos desde tiempos muy remotos.

Y lo más preocupante no serían las causas, sino los resultados en el caso de que el fuego no lograse consumir hasta la última rueda.

Martin Limbaug «Tercero» desconocía qué macabras sorpresas guardaría el dichoso vertedero, pero creía recordar que su abuelo lo había utilizado por primera vez con fines inapropiados el ya lejano día en que la mafia marsellesa le pidió que hiciera desaparecer el cadáver de un turco que importaba heroína a bajo precio.

También se corría el riesgo de que saliera a la luz el momificado cuerpo de algún miembro de las Brigadas Rojas italianas, la OLP palestina, la ETA española e incluso los restos de un maduro industrial alemán por el que su joven esposa aseguraba haber pagado un desmesurado rescate pero que jamás había vuelto a casa.

Si bien el patriarca de la familia había sido el primero en tener la brillante idea de utilizar neumáticos como ataúdes, el mérito de haber perfeccionado el sistema utilizando la tecnología de los caucheros amazónicos le correspondía a su hijo, Martin Limbaug «Segundo», que también fue quien mayores beneficios obtuvo de una práctica de la que en cierto modo abusó durante una oscura y agitada época política en la que quedó demostrado que la cal viva no bastaba a la hora de hacer desaparecer las huellas de un crimen.

Como sucesor de su padre al frente de las empresas familiares, Martin Limbaug «Tercero» había preferido centrarse en actividades menos arriesgadas, permitiendo que los cementerios de neumáticos siguieran siendo un lugar de descanso eterno para ruedas usadas y no para personas.

No obstante, durante una de sus inolvidables juergas juveniles, aquellas en las que las mujeres, el vino y las drogas se adueñaban de las voluntades y los pocos años invitaban a alardear de lo que se era y de lo que no se era, debió de haber hablado en exceso, por lo que le sorprendió de forma harto desagradable que tres días más tarde el ladino Jean Pierre Lagarde le preguntara si era cierto que su abuelo había «encauchado» a un turco en una rueda de tractor.

Lo negó airadamente, pero siempre había tenido muy presente el acertado dicho que preconiza que las verdades de los borrachos apestan a alcohol pero siguen siendo verdades.

Ahora estaba pagando las consecuencias de los actos de sus antepasados así como de haber sido un bocazas, puesto que Jean Pierre Lagarde le había presionado con el fin de que ocultara el cuerpo de una furcia a la que un futbolista polaco había matado a patadas.

A la furcia la habían tirado al barranco envuelta en una rueda y al polaco, al río envuelto en un Ferrari, pero resultaba evidente que aquellos dos malnacidos estaban «malmuertos», la columna de humo seguía allí, y lo único que le quedaba por hacer era rogar que siguiera estando hasta que no quedara el menor rastro de cadáveres tanto de putas como de turcos.

Ganó el partido, ¡triste consuelo a sus males!, se dio una ducha, tomó asiento en su mesa de siempre con su socio de siempre, y lo primero que hizo fue preguntarle si le interesaría ser el dueño del diez por ciento de El Convento a cambio de no renovarle la licencia de explotación al restaurante que le servía de tapadera.

—¿Y en qué me baso? —fue la lógica pregunta—. Tiene dos estrellas Michelin.

—En que se ha producido un grave caso de intoxicación.

—No sabía que se hubiera producido.

—Pero se va a producir.

—En ese caso no hay problema.

Brindaron por sí mismos y aguardaban la llegada de las ensaladas en el momento en que un encapuchado hizo su precipitada entrada, tropezó con una silla, rebotó contra un camarero, giró como una peonza y comenzó a disparar como un poseso al tiempo que gritaba:

—¡Alá es grande! ¡Alá es grande!

Las primeras balas destrozaron dos ventanas, un espejo y una pila de platos, pero las últimas alcanzaron a media docena de aterrorizados comensales.

El martes por la mañana y tal como habían convenido, los dueños del molino telefonearon al guardés, que acudió a recoger a su jefe y su «novia», con el fin de llevarles de regreso a Los Faisanes, aunque evitando pasar cerca de un vertedero que ardía con menos virulencia pero continuaba estando demasiado concurrido.

Durante el trayecto les puso al corriente de las excitantes novedades de los últimos días resaltando que se había producido un violento tiroteo en un club de golf con el lamentable resultado de dos personas muertas y cinco heridas.

El agresor, que parecía drogado, había conseguido escapar en una vieja moto, por lo que las autoridades sospechaban que se trataba de «un lobo solitario», uno de aquellos descontrolados fanáticos que sin la menor preparación o relación con grupos extremistas se lanzaban por su cuenta y riesgo a la absurda aventura de contribuir a la rápida aniquilación de los infieles.

Ningún informante habitual había conseguido aportar pistas sobre la identidad de un escurridizo lunático que debía de encontrarse ya en los suburbios de cualquier capital europea, preferentemente Bruselas, visto que las fuerzas de seguridad belgas habían demostrado poseer un notable nivel de incompetencia.

Cuando una hora después disfrutaban a solas del almuerzo que les había preparado la guardesa, Caribel no pudo por menos que comentar:

—¡También es mala pata! Dos muertos y uno de ellos tenía que ser quien podría haberme hecho rica.

—No seas inocente, cielo —fue la pronta respuesta—. No ha sido cuestión de suerte.

—¿Qué quieres decir?

—Que ese supuesto «lobo solitario» ni es un lobo ni mucho menos un solitario que disparara a diestro y siniestro con el único fin de romper platos o matar infieles. Es alguien que utiliza una vieja fórmula que ha dado magníficos resultados generación tras generación y civilización tras civilización: achacar al fanatismo religioso delitos que nada tienen que ver con Dios.

—¿Cómo lo sabes?

—Conozco a quienes actúan de ese modo —admitió sin el menor empacho don Arturo—. A río revuelto ganancia de pescadores, y en estos casos el pescador sabe muy bien qué pez tiene que ser eliminado y cuál debe limitarse a cumplir el papel de «daño colateral».

—Empiezo a creer que eres peor persona de lo que siempre había creído, lo cual ya es mucho decir.

—Nunca he utilizado ese sistema.

—Pero conoces a quien lo utiliza y lo consientes.

Aquel con quien compartía la mesa dejó a un lado los cubiertos y extendió las manos como queriendo resaltar que estaba harto de repetir la misma cantinela.

—Volvemos a lo de siempre, cariño —dijo—. Que yo sepa lo que hace la gente no quiere decir que esté obligado a impedírselo. Por el contrario —añadió—. Cuanto más delitos cometan más fácil me lo ponen puesto que esa es una de mis formas de ganarme la vida. Métete una cosa en la cabeza, en el coño, o donde quieras, pero métetela: la bondad genera pérdidas; la maldad genera beneficios.

Quien se sentía tentada de clavarle un tenedor en el antebrazo reconoció, una vez más, que la mente del barrigón era tan retorcida que indefectiblemente acababa atrapándola.

Suponía que quienes se drogaban experimentarían la misma sensación de repugnancia y atracción por la heroína que experimentaba ella en su relación con un personaje tan repelente, pero era como si necesitara seguir aprendiendo de él aun a sabiendas de que casi todo lo que aprendiera sería malo.

Le asaltó la tentación de volver a decir algo hiriente, pero al advertir cómo recogía el cuchillo y comenzaba a untar de mermelada una tostada, comprendió que sería malgastar las palabras porque en cierto modo don Arturo Fizcarrald no era un extraterrestre; era un infraterrestre surgido de las mismísimas entrañas del averno.

—Mañana tengo que volver al trabajo —fue lo único que acertó a murmurar—. ¿Qué pasa con la apuesta?

—Como he jugado con ventaja la doy por anulada,

o sea que puedes quedarte con el coche pero tendrás que pagarlo de tu bolsillo.

Le respondió que valía la pena, se subió al coche, volvió a casa, durmió sola y decidió que también valía la pena pagar, o al menos dejar de cobrar, a cambio de dormir sola, lo cual quería decir que quizás había llegado el momento de seguir los pasos de Lady Ámbar.

Nunca se había considerado ambiciosa y cuando aceptó entrar en El Convento tan solo lo hizo por la necesidad de asegurarse el futuro ya que sabiéndose incapaz de amar a nadie no podía exigirle a nadie que la amara y además la protegiera.

Ahora, con ese futuro más o menos asegurado, sentía la necesidad de dejarlo todo, pero no podía olvidar que por su culpa habían muerto tres personas.

Dos de ellas, Roman Luchinsky y Martin Limbaug sin duda se lo merecían, pero el tercero, un pobre camarero que no había cometido otro delito que acudir a su trabajo, había pasado a ser el «daño colateral» de una sucia historia de dinero y sexo de la que, sin pretenderlo, se había convertido en protagonista.

Abandonar ahora permitiendo que los auténticos culpables quedaran sin castigo significaría pasarse el resto de la vida recordando que una noche le había faltado valor a la hora de gritar pidiendo ayuda.

XIX

Bajo un sol de fuego y un calor asfixiante, el *Tasmania* recibió la orden de abandonar el fondeadero de la bahía de Limón y dirigirse a las esclusas del Gatún.

El práctico del canal, un hombre con aspecto de estar más que harto de tan monótono trabajo, trepó al puente de mando, saludó al capitán e hizo un gesto con la mano al timonel.

—Avante a poca... —pidió.

El demandado transmitió la orden a la sala de máquinas y se aferró al timón con la vista al frente.

La vía de agua se abría ante ellos entre la verde espesura, y el práctico fue señalando, con voz monótona, la ruta a seguir mientras el capitán chupaba su apagada cachimba como si nada de lo que pudiera suceder a partir de aquel momento le afectara debido a que su barco estaba en otras manos.

Penetraron en el canal, y se cruzaron con un petrolero liberiano, cuyas hélices comenzaban a ganar fuerza con ánimo de lanzarse cuanto antes hacia mar abierto.

El calor aumentaba a medida que dejaban atrás la brisa marina, y a proa, el capitán veía aumentar de tamaño las «mulas mecánicas» que aguardaban a la entrada de los espigones de las esclusas.

Se arrojaron los primeros cabos, el práctico ordenó parar máquinas y en las entrañas de la nave, el motor lanzó un postrer lamento y las hélices dejaron de girar.

Las «mulas» se apoderaron del *Tasmania* —dos a proa para arrastrar, y dos a popa para frenar— mientras los gruesos cables de acero mantenían el barco en el centro de una esclusa cuyos muros comenzaban a rozar las bordas.

Un gran automóvil negro hizo su aparición en la curva de la carretera y ascendió lentamente para ir a detenerse a la entrada del mirador.

En la sala de máquinas un marinero se secaba la grasa de las manos con la vista fija en una bombilla que dominaba el cuadro de mandos.

Las compuertas «uno» y «dos» del canal de ascenso a las esclusas llegaron a la altura de la proa. Solían abrirse y cerrarse al unísono, pues la distancia entre ambas era tan corta que casi no formaban una esclusa propiamente dicha sino una protección para casos de accidente. De igual modo su diferencia de altura resultaba inapreciable.

Cuando la popa del *Tasmania* cruzaba frente a la primera compuerta el capitán penetró en su camarote, accionó un botón y en la sala de máquinas una luz verde titiló por tres veces, por lo que el marinero que aguardaba la señal abrió cuatro válvulas que se encontraban bajo la línea de flotación y bombeó al exterior una pasta grisácea que se hundió hasta quedar atrapada entre las pesadas compuertas.

El capitán comprobó que nadie parecía advertir lo que estaba sucediendo y unos minutos después, siempre arrastrado por las «mulas mecánicas», el *Tasmania* avanzó hasta el centro de la esclusa.

Las compuertas comenzaron a cerrarse, y al hacerlo, dejaron apresada entre ambas una gran cantidad de la pasta grisácea.

A través de sus canales interiores, la esclusa recibió agua del lago Gatún, el *Tasmania* comenzó a ascender y apenas faltaban unos minutos para que el agua llegara a su máximo nivel cuando el capitán, el timonel y el marinero saltaron a tierra y se introdujeron en el coche negro, que se alejó a toda prisa.

Jonathan se sentía feliz corrigiendo palabra por palabra las pruebas de imprenta de su novela, porque de ellas emergían las fabulosas fantasías y sueños juveniles que su mente había ido acumulando mientras aceptaba que jamás podría volver a escalar una montaña o montar en bicicleta.

Siempre le había gustado montar en bicicleta pero ahora las ruedas «de la suya» no se encontraban una delante y la otra detrás sino en paralelo, y no podía pedalear porque se veía obligado a empujarlas con las palmas de las manos, lo que significaba tanto como pasar de la velocidad del leopardo a la del caracol.

Pero aquellas pruebas de imprenta venían a demostrar que su imaginación aún corría y saltaba como un leopardo y ninguna enfermedad, por terrible que fuera, conseguiría detenerla.

Cuando el dolor le atormentaba, imaginaba; cuando las manos le temblaban, imaginaba; cuando los esfínteres le traicionaban, imaginaba.

La imaginación le diferenciaba del resto de los animales, e incluso de la mayoría de los seres humanos.

En su novela el viejo Max —tan cazurro que en ocasiones volaba incluso con una cabra en brazos— demostraba ser mucho más imaginativo que el mismísimo Supermán, puesto que el invencible héroe llegado de una lejana galaxia solía enfrentarse a delincuentes y catástrofes naturales, pero jamás se había destacado por sus intentos de eliminar la raíz de los males que afectaban a la humanidad por culpa de políticos corruptos.

Hasta cierto punto resultaba lógico ya que eran temas que no podían explicarse bien por medio de un cómic en el que debían abundar los saltos, las exclamaciones y los mamporros.

Jonathan deseaba que el hombrecillo de la enorme capa se convirtiera en un icono no por ser el más fuerte o el más ágil o el más atlético, sino por ser el más creativo.

Por ello, a medida que corregía las pruebas iba pensando en un segundo libro en el que participaría también el fiel amigo de la residencia de ancianos que pasaría a convertirse en su escudero; una especie de sensato Sancho Panza a la sombra de un justiciero Don Quijote.

Andaba ya a mitad del cuarto capítulo cuando le distrajo el insistente resonar de un claxon y, al mirar por la ventana, no pudo por menos que quedarse embobado ante el espectáculo que significaba Caribel al volante de un descapotable rojo y haciéndole gestos para que acudiera a sentarse a su lado.

—¡Caray! —comentó en cuanto se hubo acomodado—. ¿De dónde ha salido?

—Mejor no preguntes —fue la desvergonzada respuesta.

Disfrutaron del placer de rodar en una máquina excepcional hasta que se detuvieron en uno de los altozanos desde los que se dominaba el aún humeante vertedero de neumáticos.

El muchacho lo observó meditabundo para acabar por volverse a su acompañante.

—¿Por qué me has traído? —quiso saber.

—Supuse que te gustaría.

—¡Oh, vamos...! —protestó—. No me tomes por tonto.

—Jamás se me pasaría por la cabeza.

—Pues lo parece porque me enseñaste un montón de fotos de una misteriosa furgoneta, luego empezaste a hacer preguntas sobre el caucho, y ahora me traes aquí.

—¿Y qué tiene que ver una cosa con otra?

—Que no tardé en averiguar que la furgoneta entraba y salía de un antiguo monasterio en el que lo que menos hay son monjas.

—¿O sea que sabes a lo que me dedico?

—Sé que te dedicas a consolarme cuando estoy deprimido y a conseguir que publiquen lo que escribo. —Hizo un gesto que denotaba su malestar al concluir—: Y no quiero hablar de eso; lo único que quiero es tener claro hasta qué punto estás implicada en este absurdo desmadre.

—A mí también me gustaría tenerlo claro, cariño... —fue la sincera respuesta—. Hace una semana aquí no había ni lagartos y ahora la gente disfruta con un fuego que quizás esté consumiendo lo que queda de una de mis mejores amigas.

—¿Por qué no me lo cuentas todo?

Lo hizo porque le había llevado hasta allí con intención de hacerlo y porque Jonathan, don Arturo y Lady Ámbar eras las tres únicas personas que conocía de las que le constaba que podrían ayudarla en unos momentos en que, quizá por primera vez en su vida, no sabía qué rumbo tomar.

El muchacho permaneció muy quieto mientras escuchaba, y tan solo el leve temblor de sus manos demostraba que lo que estaba oyendo le afectaba de forma muy directa.

Tampoco hizo gesto alguno cuando su acompañante dio por concluido el prolijo relato, aunque cabría imaginar que se había empequeñecido, como si un invisible peso le estuviera aplastando contra el asiento. El hecho de no haber querido saber nada acerca de la vida privada de su hermosa vecina no bastaba para mitigar la fuerza del impacto que le producía una verdad tan sucia y descarnada, por lo que cuando Caribel hizo además de volver a hablar se colocó el índice ante los labios indicándole que necesitaba pensar.

—¿Hasta cuándo quieres seguir con este tipo de vida? —quiso saber al cabo de un par de minutos.

—Hasta que los que han hecho desaparecer a Ibis paguen por ello.

—¿Y luego?

—¿Luego...? No lo sé —admitió ella mientras encendía un cigarrillo—. A veces pienso que tendría que darme un baño muy largo, algo así como atravesar el Atlántico a nado, con el fin de desprenderme de cuanto de asqueroso me impregna. También tendría que sumergir el cerebro en ácido para olvidar cómo convirtieron en una horrenda máscara un rostro tan perfecto. ¡Dios! Incluso le saltaron un ojo.

—¡Cálmate!

—¿Y cómo quieres que me calme? —quiso saber lanzando lejos lo que quedaba del cigarrillo que acababa de encender—. Mi silencio ha costado tres vidas, y calculo que desde ese día he ganado unos doscientos mil euros, o sea que ha salido a casi setenta mil euros por muerto. ¡Hay que ser muy puta para conseguir algo así!

—Esa no es la mejor forma de ver las cosas —le reconvino Jonathan—. Y mucho menos de solucionarlas. ¿Dices que tenía la cara destrozada?

—Completamente.

—¿Y cuánta gente pudo verla muerta?

—Supongo que poca, porque entraban ganas de vomitar.

Las manos de Jonathan habían dejado de temblar y se le advertía absolutamente concentrado, con la vista fija en cómo se iba diluyendo la columna de humo a medida que ascendía.

Al poco volvió a la carga:

—¿Tienes fotos de Ibis?

—Cientos.

—¿Son buenas?

—Magníficas, porque era una gran modelo que no habría tenido necesidad de meterse en este oficio.

—Tú tampoco.

—Cierto.

—¡Bien...! Nos pondremos a trabajar de inmediato y si realmente las fotos son tan buenas como dices alguien se va a llevar un buen susto.

—¿Por qué?

—Porque vamos a resucitar a un muerto.

XX

A posteriori todos tenían una explicación.

A posteriori.

Hasta la noche antes nadie pareció comprender que cuando les invade el pánico, excepto los elefantes que siempre eligen a una hembra como guía, los rebaños suelen volver los ojos al «macho alfa», por más que el resto de los machos le aborrezcan.

La necesidad de sobrevivir se encontraba incluso por encima de la necesidad de reproducirse, aunque tan solo fuera porque era cosa sabida que los muertos no se reproducen.

Ahora el «macho alfa» por excelencia se había convertido en el amo indiscutible, su poder iba mucho más allá de lo que nadie hubiera sido capaz de imaginar, por lo que casi en el mismo momento de ser nombrado comenzaron los ataques personales, y como ya no se le podía atacar en su condición de líder, se le atacó en su condición de macho al que le encantaba adoptar gestos y actitudes prepotentes de clara influencia «mussoliniana».

Sin duda había imitado ante el espejo la forma de hablar y de moverse del pomposo dictador italiano Mussolini, sin tener en cuenta que había acabado colgando cabeza abajo en una plaza de Milán.

A la semana de su elección ya circulaba por las redes sociales un agresivo reportaje —acompañado de una gran cantidad de fotografías— en el que se aseguraba que el recién elegido presidente del país más poderoso del planeta había ultrajado y humillado a una preciosa e inocente menor de edad.

También se aseguraba que el doloroso silencio de la víctima había sido generosamente recompensado.

Fueron mayoría los que dieron pábulo a la falaz y denigrante historia puesto que eran mayoría cuantos deseaban que tales crímenes, e incluso otros peores, se le pudieran atribuir a quien aseguraba que los gobernaría con mano de hierro.

Y es que al parecer la suya no era una mano de hierro recubierta de un guante de seda, sino una auténtica mano de hierro que venía a sustituir sin la menor consideración a los guantes de seda.

Si sesenta millones de votantes de su país le ofrecían la oportunidad de imponer su criterio a miles de millones de habitantes de cien países distintos, muchos de estos últimos no parecían dispuestos a aceptarlo, recordando que las peores dictaduras nacían de las urnas, porque la sombra de esas urnas servía luego como disculpa a cualquier fechoría.

Un malintencionado caricaturista dibujó al recién nombrado presidente lanzando al aire un globo terráqueo tal como hacía Charles Chaplin en *El gran dictador*, y otro le convirtió en un llameante meteorito de larga melena rubia que se precipitaba sobre el planeta acabando no solo con los dinosaurios, sino incluso con la última rana de la última charca.

El bulo continuó circulando sin freno hasta que «la señorita mencionada» emitió un comunicado asegurando que efectivamente había conocido al señor Donald Trump durante un concurso de belleza e incluso se habían hecho una foto que conservaba con orgullo, pero que jamás había sido ultrajada ni humillada y sus bienes personales provenían de haber trabajado como «relaciones públicas» en el famoso restaurante El Convento, matizando con encomiable sentido del humor que habían sido muy, muy públicas y muy, muy bien remuneradas.

Añadía que, dadas las circunstancias y debido a la importancia de las personas que se verían involucradas en tan desagradable escándalo, prefería no revelar su lugar de residencia, aunque en el caso de que las autoridades competentes consideraran que debería hacer acto de presencia, la gerencia de El Convento sabía dónde encontrarla.

En cuanto tan jugosas declaraciones circularon por las redes sociales, la totalidad de las pupilas del prostíbulo decidieron regresar a sus casas, y la totalidad de sus clientes decidieron quedarse en las suyas.

En cuestión de horas El Convento pasó de ser un panal de rica miel a convertirse en un avispero y nadie parecía admitir que le encantaba disfrutar de su excelente cocina, su elegante piano-bar y sus exclusivas salas de juego.

En cuanto se refería a mujeres, mejor ni hablar.

Por su parte, las autoridades con las que la hermosa pelirroja se mostraba tan dispuesta a colaborar, debieron de considerar que más valía dar por zanjado el asunto y conformarse con la palabra de una puta, ya que era evidente que se trataba de una puta de altos vuelos.

Aunque nunca lo reconocerían públicamente, a algunas de tales autoridades les constaba que la Pequeña Ibis podía llegar a ser tan peligrosa sobre un estrado como sobre una cama.

No obstante, y pese al mutismo oficial, el exclusivo lupanar se vio asaltado por docenas de periodistas deseosos de recibir información sobre las actividades «muy, muy públicas» de la fascinante pelirroja, así como sobre la identidad de sus clientes habituales, todo ello lógicamente a base de intentar sobornar a porteros, camareros, cocineros o personal administrativo.

Constituía un espectáculo bochornoso.

Realmente bochornoso.

Aunque el bochorno se convirtió en estupefacción a partir del momento en que una camarera de habitaciones admitió que uno de los mejores clientes de «la señorita Ibis» había sido el malogrado Roman Luchinsky.

—Los expertos aseguran que el canal tan solo podrá trabajar a la mitad de su capacidad durante siete meses, pero las informaciones resultan confusas.

—De eso se trata; de confundir.

—Pero me gustaría saber cómo lo ha conseguido.

—Hundiendo un barco entre las esclusas.

—Sí —admitió Silvana Sterling-Harrison—. Eso se advierte en las imágenes aéreas, pero me sorprende que un solo barco pueda provocar un daño tan considerable.

—Es que no se trata de un barco cualquiera... —replicó con una ligera sonrisa don Arturo Fizcarrald.

—¿Y qué tiene de especial? Tan solo parece un viejo carguero.

—Es que tan solo se trata de un viejo carguero. Y lo único que tiene de especial es la carga.

Silvana Sterling-Harrison era lo suficientemente inteligente como para comprender que su anfitrión quería disfrutar de la gloria de su éxito, por lo que tardaría en aclararle cómo diantres se las había arreglado a la hora de bloquear una de las vías marítimas más importantes del planeta.

—Siempre imaginé que se vería obligado a emplear algún tipo de violencia —comentó—. Y me asombra que no haya utilizado ni armas, ni explosivos.

Don Arturo sonrió de nuevo al tiempo que señalaba con la patilla de las gafas el costoso reloj que adornaba una esquina de su despacho.

—Supongamos que le pido que impida que ese reloj continúe marcando la hora durante varios meses... —dijo—. ¿Qué haría? ¿Ponerle una bomba o pegarle un tiro?

—Supongo que ni una cosa, ni otra; buscaría la forma de pararlo.

—¿Cómo?

—Anulando una pieza clave.

—Pues eso es lo que he hecho; anular las compuertas que abren y cierran las esclusas.

—¿Y cómo lo ha conseguido si son gigantescas?

—Inmovilizándolas.

La mujer que confesaba haber sido amante de un rey poco considerado con sus amantes observó con cierta admiración a su rechoncho interlocutor antes de inquirir:

—¿Las han inmovilizado sin necesidad de utilizar

explosivos? —Cuando el otro asintió con la cabeza, insistió—: ¿Cómo?

—Con pegamento.

—¡Por favor...!

—Lo digo en serio.

—Explíquese.

—Cuando el barco se encontraba entre las dos compuertas de protección bombeó al agua cemento hidráulico al que se le había añadido grava, hierro y un acelerador que permite que la mezcla pueda fraguar con mayor rapidez, lo cual provocó que al poco se convirtiera en hormigón armado impidiendo que se cerraran.

—¡No puedo creerlo!

—Pues es cierto. Es una combinación que suele utilizarse en trabajos submarinos con el fin de sellar tuberías, evitar escapes, asegurar torres de perforación o taponar vías de agua... —Don Arturo Fizcarrald sonrió por tercera vez al señalar—: Se solidifica casi al instante, por lo que se le puede considerar una especie de pegamento rápido a lo bestia.

—Y efectivo... —se vio obligada a reconocer Silvana Sterling-Harrison.

—Mucho; cuando se dejó de bombear cemento las válvulas continuaron abiertas con el fin de permitir que las bodegas se inundaran y el agua alcanzara unas bolsas de papel de estraza que contenían bastante más...

El dueño de la casa, al que evidentemente se advertía orgulloso del esmero con que había planificado tan delicada tarea, se tomó un respiro con el que además permitía que quien permanecía pendiente de sus palabras no perdiera detalle, y ahora su sonrisa se extendió como si lo que fuera a añadir se le antojara tremendamente divertido:

—Una bolsa de papel de estraza sumergida en agua tarda unos veinte minutos en ablandarse, y cuando comienza a deshacerse permite que el cemento se desparrame y al mezclarse con el agua acabe convirtiéndose en hormigón. Eso hizo que a los pocos minutos el barco comenzara a hundirse y al tocar fondo ha quedado prácticamente adherido a las paredes del canal.

Silvana Sterling-Harrison permaneció en silencio intentando hacerse una clara idea de cómo se habían desarrollado los hechos, y de cómo aquella diabólica mezcla habría actuado a semejanza de un virus que se fuera apoderando de cuanto encontraba a su paso convirtiéndolo en parte de sí misma.

—Tiene usted una mente retorcida —señaló al fin.

—Me lo dicen a menudo —admitió el aludido.

—¿Y qué va a pasar ahora?

—Que los panameños se verán obligados a admitir que su canal es sumamente vulnerable porque cualquiera de los barcos que lo cruzan puede transportar cemento hidráulico.

—Imagino que intentarán tomar represalias.

—Pues tendrá que ser contra usted, o contra mí, porque somos los únicos que estamos al corriente de quién lo hizo... —puntualizó don Arturo como si se tratara de una seria advertencia—. Sin embargo —añadió—, los panameños no tienen derecho a quejarse porque con la amenaza de un atentado al canal lograron librarse del yugo americano, alcanzaron su total independencia y se convirtieron en uno de los paraísos fiscales más prósperos del mundo.

—Aun así no es como para estar contentos.

—Lo admito, pero el canal ha constituido su «maná» o su «karma», y sin él nunca hubieran sido más que una lejana, insalubre y casi despoblada provincia colombiana.

—¿Y qué va a pasar ahora?

—Que usted se verá obligada a pagarme lo convenido más un plus de cincuenta millones si quiere que le facilite las cosas...

Mientras hablaba le alargó un grueso documento escrito a mano y cuidadosamente encuadernado que había extraído del cajón de su escritorio.

Ella lo hojeó, arrugó el entrecejo evidenciando que se sentía desconcertada y optó por devolvérselo.

—¿Qué es? —quiso saber.

—El itinerario que se debe seguir si se pretende abrir un canal al mismo nivel entre el Pacífico y el Caribe.

—Pero está en español.

—Supongo que no le costará encontrar un buen

traductor, aunque debe ser uno que no tema quedarse ciego, porque a la media hora de leer, esas malditas letras empiezan a bailar y cuando cierras los ojos continúan haciéndolo.

Silvana Sterling-Harrison observó el documento que había quedado sobre la mesa como si fuera una tarántula a la que no le apetecía aproximarse y, tras lanzar un suspiro de resignación, inquirió:

—¿De verdad vale treinta millones?

—He dicho cincuenta.

—¿Y los vale?

—Vale el doble pero se lo dejo por la mitad porque le debo un favor.

—¿Qué clase de favor?

—Le presentó a Bárbara a sir Walter Lexington.

—¿Y...?

—Van a casarse.

—¡No me diga...!

—Volvieron a verse en el mar Muerto y por lo visto es un hombre encantador.

—Lo es.

—A Bárbara se la ve muy feliz porque tendrá título nobiliario mientras que a Sue se le cae la baba de pensar que su madre va a ser una auténtica «lady».

—¿Y usted...?

—¿Usted qué...?

—¿Que cómo se siente?

—¡Qué pregunta...! —pareció escandalizarse don Arturo—. ¿Tiene una idea de lo que significa almorzar sin escuchar estupideces, cenar sin escuchar memeces, acostarte sin escuchar bobadas y levantarte sin escuchar chorradas? No tiene precio.

—Empiezo a entender por qué nunca he querido casarme.

—También hay buenos maridos.

—Una vez conocí a uno, pero tenía un defecto; ya era marido. Y volviendo a lo que importa... ¿Esos cincuenta millones los quiere en bienes inmobiliarios o le gustaría invertirlos en el proyecto?

Ahora sí que don Arturo Fizcarrald se introdujo la lengua en el hueco de la muela y se tomó un tiempo sopesando los pros y los contras, puesto que aquella parecía ser una decisión de enorme trascendencia.

Afirmó una y otra vez con la cabeza como si estuviera confirmándose a sí mismo que elegía el camino correcto y acabó por señalar:

—Hace un par de semanas le hubiera dicho que prefería bienes inmobiliarios pero mi punto de vista ha cambiado.

—¿Por qué?

—Porque Donald Trump ha ganado las elecciones.

XXI

Desde el momento en que Jonathan le comunicó que se proponía resucitar a la Pequeña Ibis comprendió que lo mejor que podía hacer era desaparecer durante algún tiempo, por lo que le pidió a don Arturo que le permitiera instalarse en la soledad de Los Faisanes hasta que las aguas volvieran a su cauce.

Los guardeses sabían que la mejor forma de conservar unos puestos de trabajo en los que se sentían muy a gusto era mantener los ojos abiertos y la boca cerrada, comportándose como si la casa continuara vacía.

Eso permitió que la muchacha de las largas piernas dispusiera de la tranquilidad que necesitaba a la hora de analizar su situación y replantearse el futuro.

Admitía que cuidándose mucho aún le quedarían un par de años de trabajar a pleno rendimiento, pero comprendía que había llegado la hora de pensar seriamente en abandonar la profesión debido a que las circunstancias habían cambiado y resultaría una insensatez no aceptarlo.

A causa del escándalo que entre ella misma y el muchacho había propiciado, El Convento estaba momentáneamente «quemado» y pasaría mucho tiempo hasta que se encontrara en condiciones de reanudar sus actividades, si es que las reanudaba. Jamás sería lo mismo y sin las garantías de seguridad económica y laboral que proporcionaba no valía la pena mantenerse en activo.

Tal como Lady Ámbar afirmara, ella nunca había sido una auténtica puta, tan solo una «temporera», y cuando la temporada de recoger la cosecha tocaba a su fin la mejor decisión era buscarse otra forma de ganarse la vida.

El simple hecho de despertarse, sentarse en la cama sacar del cajón de la mesilla de noche los prismáticos y observar el vuelo de las aves aguardando a que la amable guardesa le trajera un desayuno a base de huevos fritos con jamón constituía una experiencia digna de ser tenida en cuenta.

Consideró que llevaba demasiado tiempo «al servicio de otros», por lo que había llegado el momento de concentrarse en la tarea de intentar borrar de su mente el recuerdo de cientos de cuerpos, cientos de rostros, cientos de olores, miles de palabras y algunos nombres.

No iba ser fácil y lo sabía, pero tenía por delante toda una vida para olvidar y olvidaría porque era una mujer, y las mujeres habían nacido sabiendo olvidar el dolor ya que de lo contrario ninguna aceptaría dar a luz nuevos hijos.

Al tercer día se presentó don Arturo, y lo primero que hizo fue ordenar que le prepararan otro dormitorio.

—¿Y eso...? —se sorprendió—. ¿Ya no te gusto?

—Me encantas, cielo, pero ahora eres mi huésped, y si me acostara contigo de acuerdo a tus tarifas te estaría cobrando diez mil euros por noche, lo cual me parece ciertamente abusivo por una modesta habitación con vistas al campo.

—Están incluidos el servicio y la manutención... —le hizo notar siguiéndole la corriente.

—Aun así. Y no quiero molestarte porque me gusta trabajar de noche y ahora tengo mucho trabajo.

—¿Trabajo? —se sorprendió por segunda vez en tan poco tiempo—. Tenía entendido que habías decidido retirarte.

—Las cosas han cambiado, pequeña. Pronto seré un maduro divorciado que ha conseguido casar con hombres ricos a las dos mujeres que le amargaban la vida, por lo que ha llegado el momento de pensar en mí mismo.

—¿Repite eso? —se indignó ella—. ¿Cuándo coño has pensado en alguien que no seas tú mismo?

—¡No empecemos...! —intentó aplacarla quien ya no tenía por qué aborrecer ni a su mujer ni a su hija, debido a que estaban lejos y no le incordiaban—. Te juro que las cosas han cambiado y van a cambiar más... ¿Has oído hablar de los «dinkas»?

—No, que yo recuerde.

—Es una tribu africana que vive en los inmensos pantanos del Sud, en el río Nilo. Sin duda se trata de los seres humanos más miserables del planeta, pero presentan una notable peculiaridad; nadie ha conseguido vencerlos a lo largo de cinco mil años. Tres faraones enviaron ejércitos con el fin de someterlos, más tarde lo hicieron los romanos, a continuación los negreros musulmanes y por último los traficantes de esclavos ingleses, pero ni uno regresó jamás, por lo que los «dinkas» continúan siendo inconquistables en unos tiempos en los que de esos grandes imperios que dominaron el mundo tan solo queda el recuerdo.

—¿Y cómo lo consiguen?

—Aliándose con la naturaleza, sin pretender cambiarla y sin caer en la tentación de imponerse a sus vecinos. «Dinka» viene a significar «superviviente», y está claro que han sobrevivido a todos.

—¡De acuerdo...! —fingió resignarse ella—. Acepto que a tu lado siempre se sabe algo que no se sabía cinco minutos antes. ¿Acaso tienes algún antepasado «dinka»? ¿Algún amigo? ¿Algún pariente...?

—No, pero ayer me convertí en el presidente de la Dinka Interoceánica.

—¿Y eso qué demonios significa?

—Significa que he tenido que soportar dos dictaduras, y no pienso soportar una tercera encabezada por un payaso energúmeno.

—¿Te refieres a Trump? —Ante el mudo gesto de asentimiento, comentó—: Cara de dictador sí que tiene, y como se suele decir, la cara es el espejo del alma.

—Pues a este, todo lo que le sobra de cara, le falta de alma... —sentenció seguro de lo que decía don Arturo Fizcarrald—. Años atrás hicimos negocios juntos y me consta que es un acérrimo defensor de la teoría de la evolución de las especies, ya que imagina que el mundo fue creado para que la selección natural diera como fruto un hombre como él, con lo cual el ciclo se habrá cerrado y todo lo que venga después resultará superfluo.

—No será la primera vez que ocurre algo semejante.

—No, pero sí la primera vez que a quien le ocurre le basta con apretar un botón y acabar con cuanto considere superfluo. ¡Después de él, el diluvio! Y por si fuera poco, nuclear. Si ya por aquel entonces su soberbia me resultó insoportable, imagínate ahora.

—Me preocupa que conviertas esto en una cuestión personal... —le hizo notar Caribel con muy buen criterio—. La diferencia de fuerzas se me antoja excesiva.

—No tanta como la que existía entre diez legiones romanas y un puñado de salvajes capaces de vivir entre los cañaverales permitiendo que un calor de cincuenta grados y unos caimanes de seis metros les libraran de sus enemigos.

—Lo de los cincuenta grados lo tienes difícil, cielo... —admitió ella al tiempo que le pellizcaba cariñosamente la mejilla—. Pero en lo que se refiere a caimanes llevas mucho adelantado, aunque deberías tener en cuenta que los de África no son caimanes, son cocodrilos.

Todo eran retratos.

Únicamente retratos.

De hombres, de mujeres, de niños, de ancianos, de reyes, de mendigos, de marquesas, de aldeanas, de blancos, de negros, de orientales e incluso de un emplumado guerrero sioux y una semidesnuda bailarina tahitiana.

El más antiguo, un funcionario chino, había sido pintado en el mil trescientos, y el más moderno, una inmigrante somalí, dos años atrás.

Unos le habían costado millones, otros apenas treinta dólares, pero ese era un detalle que carecía de importancia; lo que importaba era que todos ellos y cada uno de ellos, ochenta y tres que cubrían hasta el último centímetro de las paredes, parecían estar mirándole directamente.

Desde pequeño le había fascinado la curiosa propiedad que tenían los personajes de algunos cuadros a la hora de mantener la vista fija en quien los observaba, como si fuera él quien estuviera intentando adivinar los pensamientos del espectador y no al revés.

De niño la puerta de su dormitorio estaba adornada con un dibujo al carbón de su bisabuelo materno, por lo que se acostumbró a los ojos, cansados pero siempre alerta, de un viejo capitán que no tardó en convertir en su mejor confidente, aquel que siempre guardaría sus secretos y del que jamás cabría esperar una traición.

El veterano marino debió de perder el rumbo por lo que desapareció durante alguna mudanza en tierra firme, pero años más tarde con Paul Lagarde descubrió en un mercadillo de Grase que un escuálido maestro perfumista fallecido a mediados del siglo XVIII tenía la misma mirada inquisitiva que su bisabuelo, y fue ese día cuando nació su afición a coleccionar cuadros en los que seres anónimos que habían vivido a lo largo de milenios parecían espiar todos sus movimientos.

Antes de acostarse, acudía a saludarlos porque a

cada uno le había puesto un nombre de acuerdo con su época, su aspecto o lugar de origen, y a cada uno de ellos le había atribuido una determinada personalidad.

Le constaba que quienes conocían su afición le consideraban un chiflado o un egocéntrico, pero aunque en lo segundo pudieran tener cierta razón, no en lo primero, puesto que tan solo se trataba de una costumbre infantil que había prevalecido con el paso del tiempo.

Un autor húngaro, del que no recordaba el nombre, había escrito que en cuanto se dejaba de ser niño se daba el primer paso hacia la vejez, y él jamás había sentido la necesidad de transformarse en un anciano.

Allí estaba, por tanto, a punto de irse a la cama pero intentando que entre sus ochenta y tres silenciosos pero atentos «consejeros» le aclararan cómo era posible que tantas cosas absurdas hubieran ocurrido. Y la Pequeña Ibis siguiera con vida. Sabía que tenía fama de «mujer araña» capaz de envolver a sus clientes en tupidas telas hechas de finos hilos invisibles, pero se negaba a admitir que hubiera sido tan maquiavélicamente astuta como para fingir su muerte y desaparecer sin dejar rastro.

Sin duda, se trataba de una trampa con la que alguien intentaba aprovecharse de una serie de circunstancias que ni siquiera él, que siempre estaba al tanto de cuanto ocurría en El Convento, se sentía capaz de interpretar.

¿Qué respuesta podría dar si la policía decidía preguntar por el paradero de tan endemoniada furcia? ¿Admitir que se convirtió en cenizas que se llevó el viento, o sostener que se burlaba de todos desde cualquier rincón del mundo?

—¿Qué ha ocurrido?

Se volvió hacia quien había irrumpido en un lugar en el que no solía permitir la entrada a casi nadie, y lo único que pudo hacer fue encogerse de hombros.

—No lo sé.

—¿Cómo que no lo sabe?

—No tengo ni la menor idea.

—¿Pero está viva o muerta?

—Supongo que muerta.

—¿«Supone»?... —se indignó Mijail Yukov—. He tenido que cargarme a tres personas y tan solo «supone» que está muerta sin que nos quede el consuelo de abrir su tumba y comprobar que sigue allí.

—¿Y qué quieres que te diga? —fue la sincera respuesta—. Quien encontró el cadáver lo cubrió con una sábana y a nadie se le ocurrió tomarle las huellas con el fin de comprobar su identidad. Ni siquiera sabíamos cómo se llamaba realmente, ni de dónde venía. Así es este negocio.

—Pues «este negocio» le ha permitido ganar millones, pero a mí me ha hundido. En cuanto se investigue «el accidente» de Luchinsky me acosará la policía y miles de musulmanes andan buscando a quien cometió un atentado en nombre de Alá siendo cristiano. —Hizo una casi inapreciable pausa antes de añadir—: Y por si fuera poco, ortodoxo.

—No le veo la gracia.

—Es que no la tiene.

—¿Y qué piensa hacer?

—Lo que se suele hacer en estos casos...

Jean Paul Lagarde no pareció sorprenderse, quizá debido a que desde que el ruso abrió la puerta había comprendido la razón por la que estaba allí.

A decir verdad lo había comprendido desde el momento en que las fotografías de la supuesta amante del nuevo presidente americano comenzaron a circular como apetitosa comida para puercos, lo que le obligó a suponer que el hedor de semejante bazofia conduciría hasta las mismísimas puertas del prostíbulo.

Toda una vida de duro trabajo se derrumbaría de la noche a la mañana, y una organización modélica en su género, que tan solo había intentado proporcionar placer a unos y ganancias a otros, sin causar daño a nadie, acabaría destrozada entre las fauces de fariseos cuya mayor aspiración siempre había sido cenar en sus mesas y dormir en sus camas.

Se había esforzado mucho a la hora de convertir un montón de ruinas en el «local de ocio» más selecto de Europa, ofreciendo día tras día y noche tras noche los mejores productos, tan perfecto que incluso creía tener derecho a que hubieran proclamado El Convento empresa del año, visto que rendía fabulosos beneficios y tanto sus clientes como sus empleados se mostraban siempre plenamente satisfechos.

Por desgracia aquella maravillosa orquesta desafinó la noche en que una flauta polaca dejó de funcionar, y bastó una sola nota discordante para dar al traste con tan armoniosa partitura.

No cabía culpar por ello a una intérprete virtuosa en su especialidad; cabía culpar a un instrumento que no estaba a la altura de las exigencias de una filarmónica de primera magnitud.

—Por la cuenta que me tiene jamás le contaría nada a nadie —dijo al fin—. Tan culpable se considera al inductor como al ejecutor.

—Con una pequeña diferencia: quien paga por cometer un crimen siempre está dispuesto a pagar para que se cometa otro, y ya tengo demasiados enemigos. Sé cómo librarme de la policía e incluso de los fanáticos, pero se necesitan muchos medios para librarse de los profesionales. —Mientras hablaba había extraído un arma con la que iba apuntando hacia diferentes cuadros—. Descuelgue el del chino mandarín, la dama holandesa, el general inglés, y aquellos dos de la esquina —concluyó—. ¿Cuánto pagó por ellos?

Jean Paul Lagarde calculó mentalmente mientras hacía lo que le ordenaba, para acabar respondiendo:

—Entre ocho y nueve millones...

—No es mucho, pero tendré que conformarme. ¡Andando! Tengo el coche en el garaje.

XXII

Sabía cuándo un negocio era buen negocio, cuándo un buen negocio empezaba a dejar de ser buen negocio, y cuándo llegaba el momento de cambiar de negocio.

Y en lo que se refería a barcos sabía que un golpe de timón a tiempo variando de improviso el rumbo evitaba chocar contra un iceberg o encallar en un bajío.

Y por último sabía que la aparición de los enormes petroleros y gigantescos buques contenedores, unido a la subida de los altos precios del combustible, había propiciado que las empresas navieras iniciaran una enloquecida carrera compitiendo a la hora de conseguir barcos mayores y más automatizados con el fin de reducir personal y, por lo tanto, gastos.

Llegó un momento en que el mar ya no pertenecía a los arriesgados marinos; pertenecía a gigantescos monstruos sin alma que se abrían paso entre las olas con tan solo un par de hombres en un altísimo puente de mando y otra docena sentados ante ordenadores, a tal extremo que algunos tripulantes atravesaban el océano sin que les salpicara una gota de agua salada.

Tampoco consultaban las estrellas porque al zarpar introducían una serie de datos en una computadora y conectaban los GPS, los radares y las alarmas.

Los armadores comprobaron que sus beneficios aumentaban al no tener que invertir en salarios, seguros, pensiones o bajas por enfermedad, por lo que continuaron solicitando barcos aún mayores con la manifiesta intención de reducir tarifas y eliminar competencia.

En el transcurso de una década la eslora y el tonelaje se duplicaron, por lo que cuando el coste del petróleo descendió bruscamente se inició una guerra de precios que acabaría hundiendo a muchas navieras, no en el mar, sino en la bolsa.

Don Arturo Fizcarrald que sabía cuándo un negocio era buen negocio y cuándo un buen negocio empezaba a dejar de ser un buen negocio, había dado dos años atrás un brusco giro al timón y regresado a puerto, saltado a tierra y vendido con satisfactorias ganancias sus cuantiosas acciones.

Había comprendido a tiempo que invertir en naves de excesivo calado que no podían cruzar por los canales de Panamá o Suez, ni navegar por aguas poco profundas, era como poner proa a los acantilados y dejar el timón en manos de un chimpancé.

Lo que ganó con el mar lo invirtió en tierra firme, pero la experiencia le sirvió para conocer a fondo los problemas del transporte marítimo y entender las razones por las que una simple variación en la cotización del carbón, el crudo o determinadas materias primas influía de forma inmediata sobre los beneficios o las pérdidas de una buena parte de la flota mercante mundial.

También le sirvió para entender que esa flota se estaba convirtiendo en un ejército de rígidos dinosaurios con excesiva capacidad de carga y escasa versatilidad, lo que obligaba a recordar a aquellos muñequitos de su infancia que cuando se enfrentaban a un obstáculo continuaban tocando los platillos sin avanzar un metro.

Debido a ello, y a que sentía una más que justificada aversión por el nuevo presidente americano, había decidido ponerse al frente de la Dinka Interoceánica.

—¿Y qué piensas conseguir con eso? —fue lo primero que quiso saber Caribel en cuanto tuvo conocimiento del nuevo giro de los acontecimientos.

—En primer lugar satisfacción personal porque ese fantoche se comporta como un matador que de entrada deslumbra al toro con vistosos capotazos, luego envía a sus subalternos para que lo desangren, a continuación lo engaña con la muleta para acabar clavándole una espada en la espalda, cortarle las orejas y disfrutar saliendo a hombros...

—De lo que deduzco que hiciste negocios con él y consiguió cortarte las dos orejas... Y el rabo.

—Lo admito, pero a los toros bravos no se les puede torear por segunda vez porque ya han aprendido, no acuden al capote, van al cuerpo y a los dos minutos te meten un pitón en las tripas.

—Te entiendo, pero no creo que «ese fantoche» esté interesado en hacer negocios contigo a estas alturas... —le hizo entender quien tenía los pezones como pitones.

—Eso depende. Hace años leí una divertida versión del viejo cuento infantil de la reina que besaba a un sapo que se convertía en un príncipe que en el momento del orgasmo comenzaba a croar desaforadamente, lo que excitaba a todas las ranas de la región, que no paraban de croar hasta el amanecer. —En ciertos aspectos era como si la cercanía del divorcio hubiera cambiado no solo las viejas manías de don Arturo Fizcarrald sino incluso su forma de expresarse, por lo que al poco añadió—: Los lugareños no descansaban y se sentían avergonzados debido a que su antaño amada reina se pasaba las noches fornicando a gritos, por lo que ya no veían a su esposo como un apuesto príncipe, sino como un baboso bicharraco que según las malas lenguas comía cucarachas y cenaba saltamontes.

Caribel se limitaba a escucharle un tanto perpleja,

aunque empezaba a intuir que la moraleja estaba en que los votantes hacían el papel de reina y el «fantoche», el de sapo.

—Aprovechando aquel lógico malestar, el ambicioso monarca de un país vecino se lanzó a la tarea de derrocar a la reina... —continuó don Arturo...—. Pero esta, en lugar de atender a los ruegos de sus súbditos renunciando a su aborrecido amante, decidió huir con él a una hedionda charca dejando a su pueblo sumido en la desolación. El cuento concluía cuando una rana besaba al príncipe, que volvía a convertirse en sapo porque la historia nos enseña que el que es sapo siempre será sapo por mucho que le bese una estúpida reina que acabó siendo una vagabunda por la que nadie experimentó nunca la menor compasión.

—Nunca he besado a nadie que se convirtiera en príncipe, aunque les he dado bastantes oportunidades a bastantes sapos... —comentó ella en el tono de quien se lamenta por no haber recibido un justo reconocimiento a sus sacrificios—. Sin duda, se debe a que el oficio de príncipe se ha devaluado y prefieren ser ministros. ¿Qué otra razón tienes para haber creado la Dinka Interoceánica?

—Proporcionarte un trabajo decente ahora que te has quedado en paro, aunque advirtiéndote que tengo por norma inapelable no mantener relaciones íntimas con mis empleados.

—¿O sea que si acepto trabajar para ti no puedo acostarme contigo...? —inquirió ella con visible sarcasmo—. ¡Joder! Tú sí que eres duro con tu personal.

—Es que si te ven el culo te pierden el respeto —replicó don Arturo en el mismo tono.

—Me dejas de piedra.

—Ciertas partes de ti, incluido el corazón, ya son de piedra, preciosa. ¿Aceptas o no aceptas?

—¿Y en qué consiste ese trabajo? ¿Sería tu «asesora económica»?

—No, pequeña, con todo el respeto que me mereces, en este caso el puesto te viene grande.

—¿«Relaciones públicas» con la obligación de mantener contentos a los accionistas...?

—No me menosprecies; te nombraré «vicepresidenta a cargo de inversiones» y tu única obligación será recaudar los ochenta mil millones de dólares que voy a necesitar.

Quien le escuchaba se quedó esta vez realmente «de piedra», dudando entre si había oído mal o quien iba a ser su nuevo jefe bromeaba. Se trataba de una cifra disparatada, un auténtico sinsentido, pero conocía lo suficiente a su interlocutor como para admitir que sabía muy bien de lo que hablaba.

—¿Ochenta mil millones de dólares? —repitió—. Es más de lo que están intentando reunir con el fin de abrir un canal por Nicaragua.

—Lo sé, pero es que yo no pretendo abrir un canal por Nicaragua... —Mientras hablaba don Arturo había desplegado un enorme mapa que extendió sobre la mesa para acabar marcando un punto exacto—. Pretendo abrirlo por el lugar que eligieron los españoles hace dos siglos... ¡Aquí!

No fue la guardesa sino el mismísimo don Arturo quien le colocó la mesita portátil sobre las piernas mientras le entregaba una rosa.

—¡Buenos días...! —saludó besándola en la frente.

—No parecen buenos —replicó—. Cae aguanieve.

—Falta hace porque la sequía ha sido larga y los árboles necesitan librarse del polvo que aún conservan. —Aguardó a que acabara su jugo de piña porque nunca le había gustado el de naranja, antes de comentar—: Me ha llamado mi contacto en la policía; por lo visto han matado a Jean Paul Lagarde.

—¿Y ese quién es?

—Un larguirucho de cara de búho que cenaba a menudo en el restaurant.

—¿«El Picaflor»?...

—El mismo.

—Lo lamento porque era un tipo muy agradable aunque contaba unos chistes horrorosos.

—Pues evidentemente no tenía nada de chistoso.

Aún no ha trascendido, pero mi contacto asegura que en su caja fuerte la policía ha encontrado una grabadora con una sorprendente confesión... —Aguardó sabiendo que había despertado la curiosidad de quien comenzaba a servirse café para concluir matizando con cuidado las palabras—: Lo primero que admite es que era el dueño de El Convento.

El brusco salto provocó que el contenido de la mesa, huevos fritos incluidos, se desparramara por el suelo, y pese a que se encontraba desnuda y en el exterior estuviera cayendo aguanieve, Caribel se derrumbó sobre una butaca mientras se llevaba las manos a la cabeza.

—¡Santo cielo! —exclamó—. ¡Jamás lo habría imaginado!

—Al parecer fue quien organizó la desaparición de Ibis.

—¡Maldito hijo de perra...! Bien muerto está.

—No lo suficiente porque también admite que ordenó el asesinato de Roman Luchinsky y el atentado del club de golf.

—La verdad es que, en este oficio, nunca sabe una para quién trabaja... —comentó ella tras unos instantes de profundo desconcierto y agradeciendo con un gesto que la cubriera con una manta—. ¿Por qué alguien deja grabada una confesión tan comprometedora...? —inquirió en lo que a todas luces parecía una pregunta inevitable.

—Imagino que porque sabe que le van a matar y no quiere que su asesino quede impune.

—Es una buena razón siempre que no tengas familia... —admitió ella.

—Solo tenía parientes lejanos... Y todos políticos.

—Pues en ese caso sigue siendo una magnífica razón. ¿Acusa a alguien?

—A un tal Yukov.

—¿El ruso...?

—¿Le conoces?

—Bastante.

—¿Te has acostado con él?

—¿A qué viene una pregunta tan estúpida en un momento como este? —protestó la muchacha—. Era un buen cliente, respetuoso y aseado.

Don Arturo Fizcarrald dejó escapar un reniego mientras se limpiaba los restos de huevo frito que le habían ensuciado las zapatillas.

—¡Maldita sea! —masculló—. Debería odiarte.

—A menudo me odias pero perdonas mis pecados del mismo modo que yo perdono los tuyos. ¿Qué vamos a hacer ahora?

—Esperar.

—¿Esperar qué...?

—Los acontecimientos... —La mente de don Arturo seguía funcionando con rapidez y se diría que analizaba la situación al igual que analizaría un detallado plan de negocios, por lo que no tardó en señalar—: El círculo se cerrará en cuanto eliminen a ese ruso y opten por zanjar el asunto teniendo en cuenta la gran cantidad de gente importante a la que salpicaría el escándalo.

—Eso es muy cierto... —fue el descarado comentario—. Si empiezan a tirar de lenguas descubrirán que muchos la metieron donde no debían.

—Cuando digo que a veces llegas a ser más hortera que los pelos de Trump me sobra razón... —puntualizó él—. Y como sabes mejor que nadie quién metió la lengua donde no debía, lo mejor que puedes hacer es mantener la boca cerrada.

—Totalmente de acuerdo.

—Tocaré algunos resortes para echar tierra al asunto y sé de muchos que también lo harán. ¿Conoces a alguien a quien debamos pedir que se una al grupo?

—A unos cien...

—¡Ya está bien...! —se indignó quien había tirado lejos las zapatillas cansado de limpiárselas—. Siempre te he considerado una mujer sensata, pero en el peor momento te comportas como una descerebrada.

—Es que en estos momentos me siento como una descerebrada —admitió Caribel sin el menor empacho—. ¿Tienes idea de lo que significa admitir que esas muertes empezaron porque en El Convento no quería perder mi trabajo? Es una carga demasiado pesada.

—Tú no las empezaste... —le consoló acariciándole las mejillas—. Tan solo te viste envuelta en un embrollo que otros habían iniciado, y lo peor que puedes hacer es sentirte culpable.

—Pues no consigo evitarlo.

—Ese es el mayor peligro en estos casos, cielo: sentirte culpable por lo que no has hecho. Hace años conocí a un periodista empeñado en demostrar que un ministro ladrón tenía cuentas en paraísos fiscales y al parecer el ministro sobornó a un funcionario de Hacienda para que le acusara de un delito fiscal que no había cometido, imponiéndole una sanción desorbitada y confiscándole todas sus cuentas hasta que saldara la deuda, lo cual resultaba imposible.

—¿Por qué imposible?

—Porque por mucho que trabajara, Hacienda se lo retenía casi todo y con el inicio del nuevo año fiscal la parte que aún faltaba experimentaba un nuevo recargo a lo que se añadían intereses de demora. Le habían tendido una trampa de por vida y, pese a que el ministro dimitió cuando se demostró que le había mentido al Congreso y era un ladrón que tenía cuentas en paraísos fiscales, la sanción había quedado registrada en el ordenador central de la Agencia Tributaria convirtiendo al infeliz periodista en un «preso virtual condenado a cadena perpetua».

—«Preso virtual» suena a ciencia ficción.

—Pero es real y una muestra del modelo de sociedad hacia el que nos encaminamos porque si alguien introduce datos falsos en una máquina esta se convierte en dueña del destino de las personas. Tras catorce años de sufrimiento los amigos de aquel pobre desgraciado comenzaron a abandonarle, no por ser culpable de haber cometido un delito, que no lo era, sino por ser culpable de no haber conseguido defenderse de una máquina.

—¿Y cómo arregló la cosa?

—Suicidándose, porque tanto insistieron sobre su incapacidad de defenderse que incluso llegó a sentirse culpable de las consecuencias que habían tenido sobre su familia los delitos cometidos por un ministro ladrón que ahora ganaba millones «asesorando» a compañías eléctricas.

—Una decisión demasiado drástica.

—No si se tiene en cuenta que su mujer le echaba en cara que por su honradez vivían en la miseria y no habían podido enviar a sus hijos a la universidad. Si hubiera hecho mal su trabajo tal vez hubiera perdido su empleo, pero al hacerlo bien lo perdió todo.

—Es una historia horrenda —protestó ella—. Y deprimente.

—Pero es propia de unos tiempos en los que la tasa de suicidios se ha multiplicado debido a que la gente ve cómo las máquinas le quitan su trabajo y los políticos, su dinero. Por eso te ruego que no caigas en la tentación de cargar con culpas que no te pertenecen; ya tenemos bastantes con las nuestras. Si yo te pagaba por irnos a la cama engañando a Bárbara, la culpa no era tuya, era mía por más que seas una tentación difícil de resistir... —Se encaminó a la puerta al tiempo que señalaba—: Y ahora vístete y baja a desayunar porque tenemos que empezar a reunir ochenta mil millones de dólares.

Era una suma astronómica y para conseguirla la mejor opción consistía en proclamar que el canal de Panamá se había convertido en poco más que una reliquia.

Los medios de comunicación publicaban datos sobre el incidente del *Tasmania*, pero dudaban entre calificarlo de acción terrorista —puesto que nadie había reivindicado su autoría— o acto de sabotaje propiciado por quienes pretendían abrir un nuevo canal por Nicaragua.

Durante aquel nefasto mes de noviembre se habían producido cuatro hechos cruciales de cara al futuro del país centroamericano; la reelección de su presidente Daniel Ortega, fiel discípulo de Fidel Castro, la devastadora llegada del huracán *Otto* justo a la desembocadura del río San Juan, las graves consecuencias de uno de sus frecuentes terremotos, y la muerte del propio Fidel Castro.

Por si todo ello no bastara, ese mismo noviembre se había producido la elección de un presidente americano de claras tendencias anticastristas, enemigo declarado de Daniel Ortega y defensor a ultranza de los intereses de los Estados Unidos en Panamá, por lo que parecía lógico imaginar que el nuevo mandatario se opondría frontalmente a la idea de abrir una vía a través de un país abiertamente hostil.

Como don Arturo no había hecho mención alguna a la autoría del incidente del *Tasmania*, Caribel comprendió que tampoco debía tocar el tema, puesto que tal como preconizaba Lady Ámbar:

«La mejor defensa es la ignorancia, ya que a la hora de testificar, una cosa es "suponer", "imaginar" o "sospechar", y otra muy distinta "saber".»

Fue por tanto don Arturo el que decidió comentar en el distendido tono de quien se considera ajeno al problema:

—Quienquiera que ha llevado a cabo esa acción, le ha hecho un gran favor a la humanidad.

—¿Y eso...?

—Piensa en lo que ocurrirá cuando el canal de Panamá se colapse para siempre sin que existan alternativas —respondió con sorprendente tranquilidad—. Los que ahora están ganando mucho cerrarán sus oficinas, se lavarán las manos y buscarán otra forma de enriquecerse, pero pasarán años antes de que cualquier tipo de embarcación, sea grande o pequeña, pueda cruzar del Pacífico al Atlántico.

Se encontraban de nuevo ante el enorme mapa, por lo que marcó con el pulgar y el índice la corta distancia que separaba los dos océanos al añadir:

—Resulta absurdo y casi demencial que algún día seamos capaces de enviar una nave tripulada a Marte pero ningún barco consiga atravesar este pequeño espacio de tierra. La avaricia de quienes no quieren perder un monopolio se está convirtiendo casi en un delito de lesa humanidad puesto que van a condenar a millones de seres humanos a penurias sin cuento...

—Visto de ese modo... —admitió ella.

—Es la única forma de verlo, pequeña; ese canal es un enfermo agonizante pero se esfuerzan por mantenerlo con vida sin permitir que se abra otro hasta que exhale un último suspiro. —Lanzó un brusco gruñido antes de añadir—: Nuestro trabajo consiste en conseguir que cuando ese agonizante muera exista ya un heredero y que además no esté en manos de alguien como Donald Trump. Los yanquis han controlado el paso entre estos dos océanos durante casi un siglo y ya es suficiente.

—¿Y de verdad imaginas que estamos capacitados para llevar a cabo semejante tarea? —quiso saber ella con manifiesta incredulidad—. No somos más que un fullero retirado y una meretriz en declive.

—¡Un momento! —protestó don Arturo amenazándola con el dedo—. Cuando tan solo era un cliente podías llamarme lo que quisieras, pero ahora soy tu jefe.

—Pues no me interesa un trabajo en el que no pueda decir lo que pienso.

«El cliente que ahora era su jefe» sopesó la respuesta, dudó unos instantes y optó por alargarle la carpeta que se encontraba en el otro extremo de la mesa al tiempo que señalaba en tono poco amistoso:

—Échale un vistazo a lo que ha preparado un «fullero retirado» y luego hablamos...

En cuanto abandonó la estancia Caribel se enfrascó en la lectura:

Por el canal de Panamá nunca circularán más de dieciséis mil barcos anuales, y los de gran tonelaje, casi una cuarta parte de los existentes en la actualidad, no podrán hacerlo jamás.

No obstante por un canal mejicano que siguiera la ruta marcada en mil ochocientos doce por un equipo de ingenieros españoles, cruzarían veintisiete mil barcos de todos los tamaños.

La distancia en línea recta es de ciento ochenta kilómetros, pero con el fin de evitar desniveles —y por lo tanto esclusas— el recorrido se alargaría hasta los doscientos diez kilómetros.

El canal de Suez —de ciento sesenta kilómetros

de largo, una anchura máxima de trescientos cuarenta metros y una profundidad media de veintidós— se inició a mediados del siglo XIX y se concluyó en diez años pese a que aún no existían excavadoras mecánicas y tan solo se utilizaron picos, palas, cestos y camellos.

Por Suez transitan unos veinte mil navíos al año y no posee la profundidad suficiente para que lo hagan los de mayor calado, pero pese a ello percibe unos beneficios netos anuales de seis mil millones de dólares.

El aumento del tráfico entre China, la India, Indonesia y Europa hace prever que esos beneficios asciendan a ocho mil millones en poco tiempo.

Caía aguanieve, la visibilidad comenzaba a ser escasa y la carretera se encontraba en mal estado, por lo que Mijail Yukov comenzó a lamentar haber elegido la ruta de las montañas.

Sin duda la autopista hubiera sido más práctica pero no más segura, puesto que la policía conocía ya la matrícula de su coche y no hubiera tardado en detenerle.

Si conseguía llegar a la cabaña en que almacenaba provisiones para un mes, podría ocultarse hasta que dejaran de buscarle, y en el maletero guardaba cinco cuadros por los que esperaba obtener lo suficiente como para vivir sin apuros durante treinta años.

El aguanieve comenzó a cuajar, las ruedas patinaron, lanzó un reniego, se aferró con más fuerza al volante y se maldijo por no haber tomado la precaución de recoger las cadenas.

Los barcos que el día de mañana eligieran el canal mejicano en su viaje entre las costas Este y Oeste de Norteamérica se evitarían los casi cuatro mil kilómetros que significan ir y volver hasta Panamá, con un claro ahorro en tiempo, personal y combustible.

De igual modo, los navíos que llegaran de Extremo Oriente con destino a la costa Este navegarían dos días menos, y los productos perecederos provenientes de Chile, Ecuador o Perú tendrían garantizado el arribo a su destino en el momento justo.

Las ruedas patinaron en la cerrada curva por la que se había lanzado al río a Roman Luchinsky, y como conocía mejor que nadie la zona y la visibilidad era casi nula, Yukov redujo aún más la marcha, por lo que el motor estuvo a punto de calarse.

Se maldijo por haber elegido el camino equivocado sin contar con el equipamiento adecuado.

Ahora era rico.

Después de tantos años de lucha era rico, pero el hecho de saberse acosado le había obligado a cometer un gravísimo error; no había tenido en cuenta que estaban en noviembre, un mes que odiaba, y en el que en aquellas montañas se pasaba de improviso de un sol radiante a una impresionante nevada.

Ahora era rico y continuaba libre, pero por un absurdo capricho del destino, lo único que necesitaba eran cadenas.

Con la llegada al poder de Donald Trump, México se enfrentará a graves problemas en cuanto se refiere a la repatriación de inmigrantes y la amenaza de un muro fronterizo, y por lo tanto la apertura por su territorio de un canal interoceánico que se convirtiera en una auténtica autopista del mar sin ningún tipo de esclusas ni impedimentos, constituiría una gran fuente de trabajo y un argumento de considerable peso político frente a las exigencias de sus vecinos del norte...

Caribel advirtió que había comenzado a nevar, por lo que dejó a un lado el informe y se aproximó a la ventana.

El blanco bosque constituía un fascinante espectáculo que le traía a la memoria su infancia, cuando aún era una niña inocente y su madre le construía enormes muñecos con una zanahoria por nariz y dos castañas por ojos.

A los pocos años su inocencia se derritió al igual que se derritió la nieve de los muñecos y demasiados hombres la ensuciaron.

Ya no le quedaba rastro de aquella inocencia en cuanto se refería al sexo, pero quería suponer que la conservaba intacta en cualquier otro aspecto, por lo que había dejado de ser una furcia de El Convento pasando a convertirse en la «vicepresidenta a cargo de inversiones» de la Dinka Interoceánica, una empresa que pretendía mejorar la vida de millones de personas y de paso hacerle la puñeta a un prepotente fantoche.

Ambas cosas se le antojaban altamente satisfactorias.

Era como si aquella nevada pusiera fin a un capítulo de su vida ofreciéndole la oportunidad de partir de cero.

Gracias a su forma de ser, y sobre todo de «no sentir», no le quedaban demasiadas cicatrices del pasado, por lo que podía encarar el futuro sin miedo al fracaso, ya que fracasar a la hora de reunir una cifra tan astronómica nunca sería un fracaso; sería lo lógico.

Y mientras lo intentaba disfrutaría haciéndolo.

Se veía, enfundada en un traje de chaqueta, llevando bajo el brazo un portafolio negociando en cinco idiomas por lo que quien no la conociera jamás imaginaría que se trataba de una discípula de aquella mítica Lady Ámbar, que había dejado dicho:

Quienes hemos sido las mejores en un oficio con tan dura competencia debemos seguir siéndolo en cualquier otro.

Era un punto de vista únicamente compartible por quienes habían ganado millones con aquel oficio y como ella era de las que los había ganado debía esforzarse por ser la mejor «en cualquier otro».

Para ese nuevo menester contaba con un buen maestro, un retorcido barrigón ahora mucho más soportable puesto que ya no se pasaba la vida despotricando de su familia; alguien por el que continuaba sin explicarse por qué diantres sentía afecto, siendo como era un personaje abominable.

Pero es que si existía algo que le resultaba difícil de explicar era explicarse a sí misma, porque tal como asegurara Jonathan, tan solo los soberbios sabían explicarse a sí mismos.

Tenía que llamar a Jonathan; tenía que felicitarle por la preciosa portada de su libro y tenía que decirle que gracias a su idea de resucitar a la Pequeña Ibis los malos tiempos habían quedado atrás y quizá de allí en adelante únicamente llegarían buenos tiempos.

Ya todo era nieve por lo que Mijail Yukov pisó ligeramente el acelerador y eso bastó para que las ruedas patinaran y el vehículo comenzara a deslizarse pendiente abajo hasta precipitarse por el acantilado, dar tres vueltas de campana y estrellarse contra el fondo del río.

Al día siguiente encontraron su cadáver aguas abajo.

Madrid, noviembre de 2016